げんじん

砂森 俊
Sunamori Shun

幻冬舎 MC

げんじん

目次

偽者

小学生の時、学校の伝統行事として毎年夏に相撲大会が開催された。七月の蒸し暑い日中に土俵を囲んで裸になりぶつかり合う。大半の生徒は男の熱気によるむさ苦しさに辟易していた。

僕は百六十センチという小学校高学年にしては高身長の割に痩せていて、もやしというあだ名をつけられるほどの風が吹けば飛ばされそうな体型だった。普通に考えれば体格の良い奴らに勝てるわけがない。

わざわざ醜態を晒すだけとわかっていたので相撲大会は学校行事の中でも一番嫌いな日だった。ただ、相手と戦うというシチュエーションはまるでアニメの主人公みたいなところがあった為、男としての闘争本能からか少しだけ心躍る部分はあった。実際のところ練習試合は負けてばかりでアニメのようにはいかなかったのだが。

母は不思議そうに「相撲大会があるなんて珍しいわね。小学校に土俵があるなんて聞いたことないわ」と首を傾げて言った。

確かに地元である富山県は相撲が盛んな地域という風評は聞いたことがない。渦中にいる人間はそれを当たり前だと錯覚してしまうが本当は探せばマイノリティなことなんていくらでもあるのだろう。

一度他校の相撲浸透率が気になって担任の先生に聞いたことがあったが、やはり小学校の中でも土俵があるのはうちの学校だけらしかった。

それもそのはずで、十数年ほど前にうちの生徒だった女子が相撲の全国大会で優勝した為、もっとうちの学校で相撲を全面的に全国に押し出そうと売名を目論んだ教育委員会の意図があって作られたそうだ。

強くて相撲をやっている人など彼女くらいで卒業してからの土俵は文字通り土に俵が埋め込まれだけの風景と化していた。

せっかく大金をはたいて作ったのにそのままにしておくのはもったいないという教師たちの計らいから僕が入学した頃から学年別での相撲大会を行おうと決まったということだった。見切り発車もいいところだ。

それに伴って、せっかくなら相撲部を校内に作ろうと募集をかけたところ意外と興味本位で入部する人がいた為、土俵を作るのに一体いくら金をかけたかは知らないが、一応大金をはたいて作った意義が生まれたので学校側からすれば御《おん》の字だったはずだ。

相撲大会の本番だけすればいいものを大会の一ヶ月ほど前になると毎日のように四股《しこ》や運び足

の練習までさせられた。腰を落とし踵が浮かないように擦《こす》る。軸足を右左とそれに合わせて身体を捻る。捻った反動で滴る汗が土俵に溶け込んだ。土を擦った後の痛みが微かな痒みを伴って断続的にやってきた。

僕はこの痛みを感じると相撲大会の立案者らを恨んだ。

毎年夏休み前の七月に行われるのだが、「先生〜もっと涼しくなってからやろうよ〜」とうなだれた調子でやる気のない男子が担任に僕らの意見を代弁するかのように言った。

最近の小学校は経費削減の為、夏休み前まで冷房がつくことはなく湿気と初夏間近の暑さで日常においてでさえ気が狂いそうだった。

「六月は梅雨だし九月は運動会があるし、十月は合唱コンクールがあるだろー。だから七月しかないんだよ」

カンペが用意されていたかのように一言一句つっかえることもなく細い担任の声が冷たく教室の空気を振動させるとともにクラスからどこからともなく嘆きの声が漏れた。

生徒の反応を予想していた教師の表情は一定を保とうとしていたが不快の綻びが見てとれた。

僕は相撲の空気から逃げるように窓の外を眺めた。砂煙とともにリレーのバトンを受け取る練習をしている赤のハチマキを額に巻くペアが見えた。三十メートルのテイクオーバーゾーンの端でもらう練習をしているようで次走者の走力が足りていないせいで前走者が急ブレーキをかけている。次走者は平謝りをしているがどこかふざけた印象だった。おそらくそれはリレーという運動会の大トリを任された自信と怠慢から来る感情だろうな。

いいなリレー。と気づいたら窓枠に向かって呟いていた。

女子から黄色い声援を受けることができる男子なんて一部のイケメンか少数の相撲部くらいだ。一応、何でもない〝その他〟に分類される僕も義務教育にプログラミングされたような形式的な応援は女子から受けるのだが、機械に応援されて誰が嬉しいものか。

僕はどうせ、〝その他〟なのだから。

その他側で勝利をすることはどれだけ甘美だろうか。自分とは無縁の向こう側に憧れを抱いた。たまたまこの前家で見たアニメの戦闘シーンの中に、自分よりも体格の大きい相手に対して拳法古来合気という相手の力の反動を利用していなす技があり、それを用いて小柄で身体も痩せ細った老人が自分の体格の倍はあろうかという相手を軽々と倒したシーンを思い出しこれは応用できると確信した。

練習では試す間もなく外に身体を押し出されてしまった。どうせ負け確定なんだから本番では一度くらい試そう。その為にはこちらから向かうのではなく飛び出した相手の力を利用するんだ。心の中で念押しした。

土俵に一礼し、仕切り線で腰を落とした。

別のクラスの男が同じ視線で睨みを効かせる。蹲踞《そんきょ》から構えに合図が変わると目線も落ちる。心臓が浮き立ち、息が止まる。

審判が「さあ、みあってみあって~はっけよーい、のこった!」と張り切ったコールをかけた瞬間、お互い思いっきり足先で土を蹴った。鈍い音が鳴って思わず顔を跳ね上げた。脳が悲鳴を上げ、お互い頭同士をぶつけたのだと理解が後から追いついてくる。

僕より体格の大きい相手が痛みを我慢しているのか虫が飛んでくるような速さでこちらに向かってきた。乾いた観客の視線が風圧とともに乗ってきた。特に応援はない。予定調和の試合だから。

僕は後方に身体を仰け反り向かってくる相手の勢いを利用して、身体で受け止めようとはせず横にいなし、向かって相手の左脇腹と右手でまわしを掴んだ瞬間にぐいっと目一杯手前に引き寄せて手をつかせた。

対戦相手は何が起こったかわからないという表情で地面に手をついたままの表情で瞬きをしていた。

僕はアニメの主人公になったような興奮と清々しさを覚えた。

勝ったのは初戦だけで二回戦はすんなり負けてしまった。それでも練習で一回も勝てなかった僕が見よう見真似で必殺技を会得しそれを用いて勝った。

今から思えばこれが大人の戦いだったのかもしれない、いや正確には大人になってから絶対に身につけなければならない戦い方だったとしみじみ感じることになった。

僕が勝った瞬間の客席からは、おおっ、ああーマジかよと言った義務教育された声とそうでない声が聞こえ、なぜか僕にはその声色がどちらのものかはっきりと区別がついた。

これが初めて感情というものに触れた瞬間だった。均衡が崩れ気持ちを裏切った愉悦が迸った。


七月の猛暑が身体を襲う中、僕は「彼女」という関係から脱却しそうな女性の家にいた。

会社員二年目にしてようやく一緒に住むことができた彼女だ。

僕が触れた途端、彼女は何か害虫にでも触れられたかのように手で払いのけた。

怯えた眼を見た瞬間、僕は彼女の名前を呼ぶことすら恐怖してしまった。

名前を呼んだだけで何かが音を立てて彼女の中から壊れてしまうそんな気がしてならなかった。

大切な思い出は綺麗なまま壊すようなことはしたくなかった。

名前なんてその時の感情の一表現に過ぎず、付き合う相手が変わるだけで呼ばれること自体に意味なんてない。

そうずっと思っていてこれまでもずっと尖った感情の刃を相手に向けてきたのに、初めて自分に対して人の感情の変化によって尖ったナイフを最愛の人に向けられる羽目になった。

僕はこの時ナイフで刺された時の血の味や痛みを心ゆくまで知った。もう一度名前を呼びたい。呼んだ後に〝微笑み〟という甘美なご褒美を受け取りたい。

こんなにも心臓の奥底まで一直線に届き、寂しさ、懐かしさ、儚さ、そういった負の感情を全て受け止めなければならない辛さを全身で浴び、人間である愉悦と過去の人生のサンクコストを憎んだ。

相撲みたいにいなそうと思っていても感情が脳の判断を鈍らせる。

僕は土俵から離れることも突き放すこともできない。ぶつかる熱量がなくなった相手がぶつかるのを諦めて土俵から降りていく姿を悲しげに見ることしかできない無力でいて小さい存在である。相撲大会の時は僕が均衡を破った。気持ち良さに顔が綻んだ。でも今は対等の状況で決して破られることのない均衡を相手が破ったんだ。

僕は感情に蓋をすることで見ないようにしてきた。だからダメになったんだ。

正々堂々と自分たちの身体と心をぶつかり合っていたのはいつだろう。いつの間にか感情がぶつかり合うのを恐れていた。

いつからクラスメイトとまともに会話できなくなったのか。いつから、自分の感情をひたむきに隠す半端者でいなければならなくなったのか。躊躇《ためら》いに躊躇った言葉は現実味を失い、相手の心を次第に冷やしていく。彼女の冷めた瞳を少年の影がたゆたい、無情な眼差しを向けられている気がした。

僕は小学校三、四年生くらいまではかなりやんちゃな気質で、気に入らないことがあるとクラスメイトにすぐ暴力を振るい、問題を起こしては担任に怒られ、親を呼び出されてよく迷惑をかけた。

母から「もうしないでね、言いたいことがあるなら口で伝えなさい。暴力はダメなことよ」そう俯き悲しげな母の表情を見た時にもうやめようと誓った。

口約束はしたものの、どういう話し方をすれば相手に伝わるのか、もし自分の言葉足らずで嫌われてしまったらどうしようなど考えれば考えるほど自分という人間がわからなくなり、気づけば周りの空気となることを徹底した。周りが笑えば自分も笑い、あくまでプレーヤーではなくオーディエンスとして生きていた。

俯瞰することには代償があり、善悪を区別できるほど知識も経験もない僕が俯瞰して見ると自分を判断する材料がなくなり無条件に自我を奪われた。目に見えない恐怖心から自分を相手に見せることができなくなった。自我を奪われた僕はただの人としての入れ物に過ぎず主張を持った人間の飾りになればいいが時には自我を出せと脅され、クラスメイトを苛立たせる存在になった。調和を保つには黙るという行為だけでは不十分で時として言いづらい場面で意見を主張することが必要だった。

時折道徳の時間や、クラス会の催し物を決める際など、どうしても自分の意見を言わないといけない時間が僕を苦しめた。初めのうちは「みんなと一緒です」と否定しないように答えていたのだがそのうち性格のきつい女子から「お前いつも同じことしか言わんなあ。自分の意見はないんか。本当は違うこと思ってんのにただ合わせればいいと思ってんじゃね」と疑われるようになった。

意見なんて端からないんだよ。ただお前らとそれっぽく同調した感じが出せればさ。とは思うがこれではただの人形だ。自分自身に懐疑心を抱き、より人間ぽさを追求した身の振り方を考えた。真実性を欠いた言葉がレゴのように嘘の自分を一瞬にして作り上げていく。

「僕は山脇さんや飯島さんと同じ意見で、車掌さんが危ないと思ってブレーキを踏んだタイミングは自分が犠牲になっても前にいた人を救えるので勇気のある決断だと思います」一人称の強調と事象に対する同意、感想を順序立てて言うと、これまで自分を持っていないと僕に突っかかってきた女子も自分の意見を肯定され、しかもその根拠がもっともらしかったので満足げな顔をして何も言わなかった。

なるほど、入れ物にも入れ物なりの立ち回りがあるのかと納得した。花瓶の置かれる位置によっては全体のインテリアの一つとして見られるように。〝感情は作れる〟と思った。

特定の名前を出して何が同じ意見なのかを反復することでそれは自分の意見にすり替わることを僕はこの時会得した。

これなら対立することもないので僕が暴力を振るう原因を作らなくて済むし、クラスのみんなも自分の意見を肯定されることで気持ち良くなってそれが彼らの優位を生み出し、結果的には友達へと繋がった。偽装友達、知人、何と言えばしっくりくるかはわからないが自分の本心と乖離させ、親しくはなれない存在の出来上がりだ。自分が知らないところでみるみる細胞は壊死して感情が腐っていった。

放課後や休みの日は偽装友達と集まってポータルゲームで通信をして盛り上がった。

小学五、六年の頃に、トレーディングカードゲーム通称〝トレカ〟が流行っていたので何人かで近所の玩具屋さんに行き、親からもらったなけなしの小遣いでパックやバラ売りのレアカードを買って遊んだ。俯瞰モードの僕にとってトレカは、特に自分の主張が必要のない遊びだった。気を遣わなくて楽だし、トレカで遊んでいる時間は学校にいる時間より自然とみんなの中に溶け込んでいる気がした。

楽しさや優位性は全てカードに託すことができた。人間は自分より優位な人間がいると嫉妬や憎悪といった感情を抱くが不思議と物を媒介している際は責任対象を物に移動させる。

基本僕が話そうが話すまいがみんなで共有して遊ぶものがあり、運動会や料理をみんなで作る時間など仲間意識が生まれるものがあれば共同作業を媒介として友人という関係を構築していった。

カードに依存した生活は中学で終わりを告げ、また友人なるものと距離ができた。代わりに高校生で彼女ができた。

僕の心は物ではなく人やライフスタイルに溶け込み、自身の体裁の為の関係を保つようになった。

宮

彼女の名前は宮という名前で体型は少しふくよかな女の子で愛嬌のある可愛らしい子だった。

僕と宮を引き合わせたのは小さな地元のクラブだった。初めて訪れたクラブの騒がしさや大音量の音楽で身体を揺らす客たちの様子は、今でも覚えている。

そのクラブに行ったきっかけは、行きつけの服屋で仲が良かった店員の松尾さんに誘われたからだ。服屋には月に一度は必ず通い、最近のトレンドの話や学校がいかにつまらないかを吐き出す場所として欠かせない。

試着室で新しい服に袖を通した瞬間、日常から離れ自分の細胞全てが取り替えられた気がした。試着室の中こそが誰にも気を遣わず、自分が何者かであることを考えずにいられる場所だった。

「悠、これなんてどう？　新作のシャツなんだけど襟元にワイヤーが入っていかにもイタリアっぽく襟を立てて着るとイカすよ」

松尾さんは僕が試着室にいると自分がおすすめの服をどんどん持ってきてくれた。もしかしたら店内にいる時間より試着室にいる時間の方が長いかもしれない。

このお店はキレイめな服が多い。キレイめとは装飾が少なく清楚な人間に見える服ということだ。それにも拘わらず松尾さんの風貌は長い髪を一つ縛りして無造作に蓄えた髭はこの店の特徴を台なしにしているように思えた。

「松尾さんは東京とかに住まないんですか？　ほらお洒落だしそういう憧れとかないのかと思って」

東京に行ったことはなかったが雑誌やテレビでファッションに関して特集されているのは東京というイメージが強かったのでお洒落な人は蟻の集合地点のように引き寄せられると思っていた。

「東京？　いやいやないかな。なんかゴミゴミしてるしさ。遊びに行くだけで十分かな。それにほら俺この店で人気じゃん？　俺がいなくなったらこの店潰れちゃうからさ」

そう言って松尾さんは高らかに笑った。

「そんなことないと思いますけどね。あ、さっきおすすめしてくれたシャツ買っていきますね。そこのリジッドデニムもキレイめで好きなのでこれも買います」僕は言った。

「寂しいこと言うなよ。あ、それいいよねやっぱり。悠は雰囲気も高校生にしては落ち着いてるしキレイめが似合うよ」松尾さんはそう言って僕が選んだ服を四角く綺麗に折り畳んでレジに置いた。〝落ち着く〟か。ただそう見せるように擬態してるだけなんだよな。と物憂い気持ちになった。

僕は視線を泳がせ、レジ隅に置かれたイベントのチラシに目をやった。映画チケットの半券ほどしかない大きさにＤＪの名前がずらずらと書かれていた。

「松尾さんこれ何ですか？　何かイベントでもやるんですか？」僕は半券ほどのチラシを手に取って言った。チラシの表面はつるつるしていて指の腹で押さえないと滑り落ちそうだ。

「ん？　ああそれね。うちの店ってわけではないんだけどさ。俺今度クラブでＤＪするのよ。よかったら悠も遊びに来てよ。学校じゃ出会えない大人のお姉さんもたくさん来るよ」

松尾さんのニヤついた顔が横にぐにゃりと伸びて張り付いた。

「へえ、松尾さんＤＪやるんですね。ちょうど来週の土曜何も予定ないし行こうかな」

どうして行きたいって思ったんだろうか。また擬態するだけなのに。どこかで期待してたのかもしれない。自分でいられる場所がもしかしたらあるんじゃないかって。

イベント場所は小さな地元のクラブハウスだ。

昔はディスコと呼ばれていたと母が教えてくれた。入り口前の看板は今の時代には合っていないネオンカラーで「あぽろ」と書かれており現代とのミスマッチが昭和感を漂わせた。

色褪せた看板の左下に小さくＢ２Ｆと書いてあり、上を見上げると年季の入った雑居ビルが空に向かって垂直に伸びていた。

入っているテナントは風俗系が多く、ピンク色に塗られた看板の安っぽさはこれが普通なのかそれとも名残でそうなっているのかわからない。

今にも故障しそうな古びたエレベーターに乗り、ゴトゴトという軋む音とともに下へ降りた。

店内はリフォームされていたようで、ビルの入り口のような壁剥げやタイルの色が褪せている感じはなかった。出入り口のドアを開けると向かってすぐ右にバーカウンターがあり、そこには複数人の男女がタバコを燻らせながら酒を飲んでいた。

遠目越しにああ、この人たちとは絶対に仲良くなれないなと直感でそう感じた。

カウンター内で行き交うタバコの白く濁った煙は集合地点が決まっているかのように全て天井に吸い込まれていた。

皆が皆このクラブにいるという空間に酔いしれ、クラブ通い＝ステータスという方程式がそれぞれの顔に張り付いている。

そんな皮肉めいた考えの自分を性悪だと思いながら気配を消して立ち込める煙の周辺を横切った。

僕は人目を避けるように松尾さんを探した。

耳が心臓になったかのように鈍重な音が響き、等間隔に置かれた円形のサイドテーブルが直進を阻む。

松尾さんが回すところを見たら帰ろうと思い、踵を返して入り口に設置されている本日のセトリボードを確認すると出番が終盤だった。後三時間近くをこの不慣れで僕にとって不埒極まりない場所にいなければならないと思うと簡単に行くと言ってしまったことを後悔した。

ミラーボールが順番に観客を照らし、映し出された影に彼らそれぞれの日常のストレスを垣間見た。

社会で行き場のない人たちや「学生」というジャンルに強制的に分類され毎日何者かでなければならない世の中に疲れ果てると救いの場を求めてこういう場に来るのかもしれない。クラブは何者かである必要はないし年齢や人間性なんて関係なしにクラブにいるという優越感が自身のやるせなさを中和させてくれる。狂乱の踊りに身を任せ、自分が人間であることすら忘れるような空間だった。

照明で何色にも代わる代わる色が往復し緑にも紫にもなる手を腹部辺りに持っていき何かが蠢くような衝動を覚えた。

僕は小学生のままだった。特に自分を持つわけでもなく学校で役者を演じ、疲れたら服屋に逃げ込む。トレカに逃げ込んでいたあの頃と同じように。

空間の熱気が水分を奪い、喉の渇きを覚えた。入場券と一緒に渡されたドリンク券を引き換えにバーカウンターに近づいた。先ほどの集団が一瞥するも話し続ける。

僕は居心地の悪さを感じるも気配を消してドリンクを待った。

「お、悠じゃん！　よく来たね。楽しんでる～？」と聞き覚えのある声がだんだん近づいてきた。僕は慣れない音や人のせいで敏感になっていたのでその声に仰け反り、振り向き様に視界に知っている顔だと認識すると安堵した。松尾さんだった。

松尾さんは幾何学的なプリントＴシャツにストライプのボタンダウンシャツにキャップという装いでいかにもＤＪらしくラフでいて小綺麗さも兼ねた格好でその場の雰囲気にしっかり溶け込んでいた。

僕はというとポロシャツにストローハットを被っていた。いつも通りのキレイめであるがここではストローハットは被らず雰囲気的にキャップかニット帽なのだろうと周りの服装を見て感覚的に察した。格好の恥ずかしさが絵の具のように浮いてきた。

「あ、どうも。こういう場所に初めてきたのでなんだかソワソワしちゃって慣れないです」言葉が上ずって自分の言葉じゃないみたい。

「今日もキマってるね～。絶対女の子に声かけられるよ。まあ、楽しんでいってよ」軽くて不確かなことを言って松尾さんは僕の場を離れて他のＤＪ仲間のところに行ってしまった。無責任な言葉だけが床に残り高揚が忽ち沈み込んだ。

どこか落ちつける場所はないかと辺りを見回したがデパートで迷子になってしまった子供のようにどこへ行けばよいかわからなかった。

狭い店だから一人でいると周りから浮いてしまう。でも中央で誰かも知らない人たちと踊るつもりなんてまるでない。

ホールの中央で前方にいるサラリーマン五、六人が肩を組みながら音に合わせて小刻みに揺れている様子をホールの隅に移動してただ静観していた。

まさしく五里霧中とはこういうことを言うのだろうと一人で苦笑いをした。

今の現実が学校での休み時間に他の友達の話し声が聞こえる中を音も立てずに過ごす時間と重なってしまい居心地の悪さを助長させた。

喧騒の大きさが自身の存在を萎縮させ、正しい生き方であるかをマジョリティが判断して線引きされる。悪いことは何もしていないのに罪の意識を植え付けられる。

どれだけお洒落な服で武装しようとそれは現実逃避に過ぎず、寂しさはその場に残り続けた。

結局僕は僕なんだと黒い霧が視界をぼかしていった。

「あれえさっき松尾君と話してたね？」

ちょうど僕の右耳辺りからアニメの萌えキャラに出てきそうな甲高い声とミラーボールの閃光が自分に当たり我に返った。

松尾さんのことを松尾君と言う人に出会ったことがなかった為か普段会っているのに古い友人の名前を言われたような懐かしさを感じた。

そこに立っていたのは確かバーカウンターにいた集団のうちの一人の女だった。

僕は久しぶりに緊張が走った。

「そうです。松尾さんは僕の行きつけの服屋の店員さんです」

彼女の質問に対し当たり障りない答えを返したつもりが声が裏返った。初対面に擬態は生成できない。だから寡黙にやり過ごすか、人当たりの良い人間を演じるかどちらかになる。

彼女は眉を下げ一瞬の思案の後、何かを思い出したかのように言った。

「ああ、hurms？　へえ～あそこによく行くんだ。てことは服好きなんだね。ここの人たちがよく松尾さんの店がお洒落だって話してるよ。私もＤＪ関係でよく松尾君とここで会うんだよね～」

彼女は片手にシャンパングラスをアクセサリーのように携えていた。ここの人とはクラブによく通う人たちのことだろう。

「うんまあ服が好きというか自分を隠すのに一番適しているというか。制服を着ていると縛り上げられるような窮屈さがあってその反動かもしれない」

手に湿り気を感じ、久しぶりの女の子との対話に緊張した。緊張した割にはベラベラと自分のことを話してしまっていることに驚きもした。もう少し自分を抑えた方がいいな。

「何それ。それなら服だったら何でもいいじゃないの。面白いね君」

彼女はカラカラと不思議な生物でも見たかのように笑った。でも不思議といきなりタメ口で話してくることや馴れ馴れしさからは想像できないような高くて柔らかい声であったのでずけずけと懐に入ってくるような話し方をされても不快感を覚えなかった。

彼女はここにいる大人たちの年齢層から考えれば顔は幼さを保っていたけれど丹念に手入れされた艶のあるストレートで、ミラーボールの光に時々照らし出されるムラなく染められた茶色の綺麗な髪が年齢をわからなくさせていたし爛々と輝いて見えた。

それとは裏腹に多少ふくよかな体型が妙にそそられた。

「君はすごく慣れている感じがするけど、僕はあんまりこういうところ来たことなくて、さっきからすごく落ち着かないんだよね」

視線をホール中心へと移すと、先ほどホールの中心で肩を組んで揺られているサラリーマンの中にいつの間にか一人制服を着た女子高生が混じって一緒に揺られていた。

何も考えずに溶け込んで楽しむ。そんな光景を少し羨ましく思った。

「そうだろうなと思った。クラブでの楽しみ方って二通りあって、一つ目はホールの中心で音楽に合わせて踊る。あの人たちみたいにね。これは同じクラブに通い慣れていて、その雰囲気や顔馴染みがいるパターンね。二つ目は君みたいに隅っこでちびちびお酒を飲みながら音楽を楽しむ。君を見た感じ慣れてない感はすぐわかったよ」

明らかに通い慣れしている雰囲気と言うよりは場の溶け込み方であったり言葉の確信的な表現から彼女は楽しみ方を知っているようだ。

そうだよねと僕は苦笑を浮かべた。

沈黙が続き、添えるように電子オルガンのリズムが耳を叩く。彼女ととりわけ話すようなことはなかったので僕はステージの中央で巧みにターンテーブルの針を身体の一部のように操るＤＪを無心で見ていた。

「私ね、どっちかというとこうやって何も考えずにそれぞれＤＪが自分の感覚を頼りにアレンジした曲をここいいなーとかビートが刻まれるごとに自分の中にある感覚とすり合わせるのが好きだな」

壇上で生き生きとヘッドホンをつけ音と一体化しているＤＪから一瞬も目を離さず彼女は言った。

まるで僕も同じことを思っているかのような口ぶりだ。それとも話し方の癖で自己顕示欲が高く、自然と僕に同調圧力をかけているのか。

うおおという周りの歓声とともにステージに上がってきたのは金髪でコーンロウをしていた女性だった。

先ほどまで回していたＤＪはその金髪の女性とハイタッチしてステージ裏に下がっていった。

ＤＪというのは男性がやっているイメージだったので女性が男性に混じってヘッドホンをつけて曲を回している様子は新鮮で汗ばんでいる様子がとても瑞々しく思えた。

初めて味わう感傷に浸っているとぶあああというクラブの人たちの熱気が一段と強くなった。額から汗が噴き出る。RYOTAという声があちらこちらから聞こえてくる。声の方向に視線を向けると松尾さんが袖裏からゆっくり女性ＤＪのところに歩いてきた。そう言えばRYOTAという名前で出るとクラブに着いた時に言われたような気がした。松尾さんの下の名前だろうか。

僕は松尾さんの名前もろくに知らずに仲良くしていた。ＤＪやっていることも最近知ったし人となりを表面上では知っているつもりでも実は何も知らない。

学校の友達が僕を冴えない陰キャラだと思い、プライベートではこんなクラブに来たりセレクトショップに通ったりしていることを知らないように。でも知らなくていいと思った。

同じ液量を入れなければ浸透圧が生まれないように初めからこちらから情報を与えず、求められた時だけ香水のように数滴垂らせば相手は満足する。僕にはその分量調節ができる。

必要以上に馴れ合う必要なんてない。どうせ相手も本心を隠して生きているのだから。

松尾さんは右手でリズムを取りながら左手でターンテーブルを回していた。聴衆がそれに合わせて腰やら手を振っていた。フロアが一つの大きな波のようだった。

僕は小学校の相撲大会を思い出した。土俵に上がると自分が数秒間だけ主役になれる。

どんなに自分に興味のない人間であろうが周りに合わせて応援の声が飛んでくる。

松尾さんは今どんなに気持ちいいだろうか。

胸が詰まりそうだった。嫉妬か。感情のジレンマから解き放たれた人間は煌めいて美しいと思った。

「ごめん、結構時間遅くなっちゃったよね。家の方は大丈夫？」汗だくになった松尾さんがステージから降り、帽子を脱いで服の裾で汗を拭いながら近づいてきた。

「お疲れ様です。親には遅くなると前もって言ってあるので大丈夫です。なんか服屋で働いてる時より生き生きしてましたよ。かっこ良かったです」

僕は素直な感想を伝えた。

「ありがとな。こんなはしゃいでるのはhurnsの店長には内緒ね。俺もこんな熊みたいな顔じゃなければ絶対モテるんだけどな」

自虐を言って松尾さんは口を大きく開けて笑った。

それからは何度か松尾さんのＤＪを見に行くついで程度に宮と話して仲良くなった。

宮とはクラブの外でも遊ぶようになり、クラブに来るくらいだから普段の遊びもエキセントリックなことをしたがるのかと思えば、カフェのラテを楽しんだり映画が好きだったりと女の子らしさを持っていた。

荒々しさの中にも核となる静けさを含んだような印象に自然と惹かれていった。お互いが付き合うという言葉も必要ないように自然と一緒にいるようになった。

宮は感情をすぐに曝け出し、思ったことはたとえどんな言いづらいことでも言った。

例えば電車でお年寄りが座る席がなくて立っていると年配のサラリーマンだろうが墨の入っている人だろうが関係なしに「席譲ってもらっていい？」と凄むような勢いで言うのでだいたいが圧倒されて席を譲った。

実直すぎる宮に敬虔な面持ちで見ると同時に一定の恐怖心を感じた。自分を取り繕うことのできないタイプには常に恐怖心が付き纏っていた。

喧嘩をした時にもその力は遺憾なく発揮され、

「付き合ったこともないくせに恋愛をわかったような口を聞くな」と僕の過去の根底が変わりようのない事実を言われ、言われる度に苛立ちと経験値の乏しい自分を恥ずかしく思った。

宮は喧嘩の最後にはいつも「恋愛なんて、二年ごとに飽きのサイクルが来て、ただそれを繰り返しているだけ」

感情的な宮が週刊誌のおまけページで紹介されるコラムのように冷めたことを初めて言った時には違和感を覚えた。何を根拠にそんなことを言っているのかと。

でも彼女のこの言葉にはきっと過去に裏切られ、傷ついて未来に希望を持てなくなった何か心の奥底に抱えている黒いものが常に混在しているのかもしれないと一緒に過ごすうちにそう思えたしそう思わないと自分が報われないような気がした。『二年』という縛りが喉に小骨が詰まるように引っかかった。でもその根本を聞いてしまうと宮から放たれる今後の言葉が更に不安めいたものに聞こえる気がしたので話を広げることはしなかった。

僕はなぜかいつも小学生からしてきたように肯定し、彼女を気持ち良くさせることができなかった。それはおそらく自分が経験したことのない彼女が積み上げてきたものから来る深い闇で、ここで肯定してしまうと宮の今までを嘲笑っているようで調整が難しかった。

彼女の言葉にはいつも主語がなく、突拍子もないことを言われるので常にびくついた。まるでDJが自分しか知らないテンポで曲調をアレンジして相手に伝えるかのように。

僕と宮は歳が一緒だった為、進路選択も当然僕らは同じタイミングで迫られた。

彼女は地元、富山の大学に進学すると言っていて、僕は東京の大学を選んだ。

なぜ東京の大学を選んだかというと人の感情への好奇心だった。

煌びやかな街並みがいつまでも眠らずに人々を照らし続ける東京を想像した。

同時にその光の中に宮の持っていた黒い物の正体が転がり落ちていてたくさん人と出会って色んなことを経験すれば僕にも彼女の言っていることが理解できるという根拠のない推測が脳内を満たした。これまで人に合わせてきてその方がずっと楽だと思ってきた僕にとって自分の感情について向き合おうとしているのは初めてのことだった。

宮に言わなければいけない。学校終わりの平日だと疲れてうまく話せないかもしれないので土曜日に宮の家に行こうと思った。

宮の心の有り様を知りたいのに別れる選択をする自分が矛盾していることは気づいていた。

しかし選択肢は他にないような直感に動かされ自転車のペダルを回し続けた。

彼女の家の六畳ほどの狭い部屋の中で二人敷布団に寝そべり、わざと重たい空気を演出した。

察した宮が「何？　なんか今日変だよ」と少し心配そうな顔をして僕の方を見てきた。

どういう風に切り出せばいいかわからず最初の一言を考えていた。あまり長引かせてしまっても心に爆弾を抱えたまま時間を過ごすのは気持ちが悪いし僕の中の結論は変わらないのだと意を決して東京に行くから別れてほしいと伝えた。彼女を知る為に別れる。理に適っていないことは承知の上だった。でも言わなければバレないし今の僕では自身の心の有り様を説明することができない。

宮は唖然としたままカタツムリのように動かなくなり次第にあの幼くて可愛い宮の顔が次第に歪み、歪んだ顔にはふんだんに憎悪が広がっていた。

大粒の涙を垂れ流し、取り乱して僕の服にしがみついて罵りの声を吐き出す。しがみつかれた時に僕のシャツの上から二番目のボタンが弾け飛んだ。

「裏切り者。ずっと離れないって言ったのに。私の数年返せよ!!」

宮は怒号に任せ、近くにあった枕や、ゴミ箱、テーブルにあった文房具などあれこれ構わず投げてきた。

それらは鈍い音を立ててまばらに散らばり、しおらしさとともに床の一部となった。

付き合って二年以上経ち、宮のいつも言っていたサイクルが終わりを迎え、次のサイクルを受け入れる。その後ああ、終わった、これでお互い傷つかず納得したストーリーになる。

そんなシナリオを思い描いてここに来た。

宮のことがわからなかったしどうして泣くのか僕自身もわからなかった。サイクル通りに過ごせて満足じゃないのか。僕のことなんてトリミングしてあるべき場所から摘出すればいい話じゃないのか。

知らない感情を都合良く解釈して捻じ曲げ自分の脳内で着地点を見つけようとそう思いたかっただけなのか。必要のない期待に落胆し、擬態できない事象に心が掻き乱される。

宮が本心を明け透けに他人に伝えることに違和感を感じ、どうしてもっとうまく立ち回らないのかと疑問と憤りを感じていた。彼女は感情の扱い方を既に知った上での言動だろうか。

この信じて疑わない心そのものが彼女の闇じゃないかとさえ思った。

宮と別れてもっと人の感情の奥底を知りたいという欲深さが僕を取り巻いた。好奇心が甘い感情を食い潰して中を満たす成分丸ごと入れ替わった。そして新しい自分を堪能するように力強くペダルを踏み、来た道の空気を押しのけた。

宮と別れ、僕は関東で入りたい大学に落ちてしまった。東京に行くことに浮遊感を感じて努力することを忘れていた自分を責めた。

そうは言ってもどこかしら大学は行かなければいけない。合格番号が記載されている大学のホームページを見たまま思考が止まり動けなかった。二月の凍てついた冷気が部屋の窓や壁をたやすくすり抜け僕の身体を震わせた。寒さと落第による心身的なショックで思考を遅らせた。茫然とした心持ちで天井を見上げた。真っ白の中に一つだけ黒い点が見えた。蜘蛛だ。

蜘蛛が答えを導いてくれるわけでも天井に何かが浮かび上がるわけでもないが僕はしばらく天井を見続けた。滑らかに天井を移動する蜘蛛はまるで忍者のようだった。

僕は迷ったあげく、滑り止めで受けていた金沢の私立大学へ進学することにした。浪人して東京の大学を目指すことも手の一つであったがとにかく早く人に出会いたかった。

東京には行けなかったがたくさんの人が集まってくる大学なら今まで人の意見に同調することしかしてこなかった自分に答えを見出してくれるかもしれないという淡い期待はあった。

大学に入ってからはしばらく惰性で好きでもない女と付き合った。

まるで焼肉店をオープンする為に他の焼肉屋を食べ歩きその道を勉強するかのように。

女性を貪る生活は人生の夏休みと言われる「大学生」というカテゴリーに分類され意識すると余計に僕の心は空洞に押しやられた。

大学の友達は「カテゴリー」を存分に有効利用し合コンに行ったりサークルの新歓に行ったりとこの時期しかできない特権を存分に使い、骨の髄までしゃぶりつき楽しんでいた。

大学生の有り余る時間は、恋愛をしなければならないという義務感に駆られ、果たしてこれが好きという感情なのかわからないまま僕は付き合っていた。

好きでもない女とお決まりのデートスポットに行き、何の意味もなくSNSにその時の写真をアップロードして自己満足に浸る。自己開示欲を解放することによって、周囲には本当の自分を披瀝せずに済む。僕は時代に流され、感情を深掘りしたいという本来の目的を忘れた。

付き合っている事実をSNSに載せて顕示したいだけで、好きだの愛だのそんな曖昧な感情はいつの間にか透過していく。

インターネット社会が発達してから余計に感情はIOSとWindowが全く違った回線のように複雑で判断しづらいものになっていた。別れたい時も特に理由はなく、唐突にやってくる。

「出会う」という行為がマッチングアプリやSNSの発達によって手軽になったことも要因の一つで手軽になるということは一人に対する真剣さも軽薄になってしまう。

感情を自身で二次精査することもなく僕は平気で映画の最中にポップコーンを口に五、六粒頬張りながら片手でスマホをスライドさせながら偽りに満ちた彼女を切り捨てた。

尖ったナイフを常に携帯していつでも振り回せるような状態だった。ナイフに見せないように必死にオブラートに包んだ言葉を用意して。

その行為は小学生の頃から性格に変わりがなく応用を覚えていた。相手が喜びそうな言葉を考え僕はスライムのように自分を変化させた。

ナイフを突き出した相手に電話で話したいと言われても頑なに断った。電話で話したところで「別れる」という既成事実は何も変わらないし声を伝って相手の感情を受け取ってしまう行為自体が面倒だと思った。それに今は何より映画の最中だ。青白い光が等間隔で明滅する。

最初は納得しなかったが彼女も僕のことが好きという補正がかかっているせいで判断が鈍っていた。そのおかげで割と円滑に別れられた。

彼女は「別れる」ということに対して、自分の中で飲み込んで今まで一緒に過ごした僕との時間を思い出し、それを集約し、〝いい人だった〟と言葉をまとめた。なんだ、結局は自分が可愛くて仕方なく保身の為の安っぽい感情だと思った。

僕は間違っていなかった。いかに自分を魅せるかが大事で他人の感情まで面倒を見ていられない。皆自分が可愛い。可愛いからどこかで納得のゆく落としどころを見つける。悪態をつくか相手のいいところを無理矢理引っ張り出して付き合っていたこと自体を正当化する。

みんな何か一つ自分の面の上から被せないと生きていけない。

『意気地なし』

映画の音響に紛れてそう聞こえた気がした。

宮の幻聴が未だに自身を蝕むのかと苦虫を嚙み潰したような気持ちだった。

興味のない人間にすら道化になって良く見せようとする僕の方がよほど人間らしくない。

それを考えれば現実を突きつけるように自分の考えを吐露し続けた宮の方がよほど人間らしく見えるではないか。でもだからと言ってどうしようもできない。世間の大きな波に逆らう術なんて空っぽの僕には想像もつかなかった。

自分を正当化して理論武装してそれが人間だとこじつけることが一番楽で安定する。

スクリーンが激しく明滅を繰り返し、割れるような銃声がシアターを揺らす。車が横転して爆発した爆音がスクリーン全体に地鳴りのように鳴り響いた。

大学生も二年目になりシンガーソングライターの大野あゆみのライブを見に、大学の友人と金沢の街中の小さなライブハウスに行った。

ハウスの中はびっしりと人が詰まっており、小さな箱が生き物のように右から左へ揺れ動く一体感を感じ、その熱量を楽しんだ。

ライブ会場を出ると時刻は午後六時半にも関わらず、夏の夕暮れ時の雲はその輪郭をまざまざと空に浮かび上がらせていた。

「大野あゆみ良かったよなー。デビュー当時より可愛くなってたよね？」

テレビで見ていた人を見られた興奮で僕の声が自然と弾んだものになった。

「あれだろ、多分化粧が変わったよな？　後、曲のリズムも変わった。前は恋愛ポップって感じだったけど今はなんつーか機械っぽい感じ？」俺は昔みたいな甘ったるい恋愛ソングの方が好きだったな。友達は頭を掻きながら少し残念そうに言った。

「クラブミュージックっぽくなってたよね。数年前に有名な作曲家と結婚した影響もあるのかもね」

僕は大野あゆみが小さなステージで縦横無尽に情熱という名の汗を振り撒いているライブ姿を思い出しながら言った。断片の記憶同士が何かに結びつけて重なり合う。

誰かを好きになることで自分の人生に欠かせないことすらもまるで熱を加えた途端にぐにゃりと曲がる金属になる。その感覚がどことなく羨ましいと思った。自分の中で何かが欠けている。肝臓でも腎臓でもなくもっと抽象的でいて見えているはずなのにすぐに忘れてしまう何か。

僕と友人はまた行こうと約束して清々しい気持ちとそれを助長させてくれる程良い気温に浸り

ながらそれぞれの家へと帰宅した。

ライブ中はスマホの電源を切っていてそう言えばまだ電源つけてないっけと思い出し徐《おもむろ》にスマホの電源をつけた。代わり映えのないホーム画面からXを開き、スクロールしていると宮のアカウントが出てきた。万引きをしているような悪徳感を感じながらも彼女のツイートを読んだ。

「私たち夫婦になりました。お腹にいる子供と三人で仲良くやっていきます」と文の最後には幸せを表す絵文字が二つ添えられていた。

あまりにも予想していなかった出来事にライブで味わったあの熱気溢れる余韻は音も立てず消え、心臓の鼓動を速めた。

宮と別れてから約一年の時間が経っていた。何だかもっと遠い未来を見ているような気分だった。まるで単焦点から望遠レンズに焦点距離が切り替わったかのように。

咄嗟の出来事に僕は驚き、彼女を思った。でも悔いや嫉妬はなかった。切った女が幸せになることで自責が他責に変更されたから。

彼女の旦那は宮の黒い物の正体をわかって、うまく浄化したのかもしれないしそれに気づいていないかもしれない。

この晴れ晴れとした気持ちは何だろう。心のどこかでつっかえていたものが取れたような澄み渡った心地。

それは僕が宮をもう思い出さなくて済むと思ったことによる解放感だ。客観視できる。彼女の閉じこもった感情は終身刑を言い渡された罪人のように表に出ることはない。僕はあの時の宮の感情を受け止められず逃げたがお前も仮面を被って結婚することによって世間の中に逃げ込んだ。

そう思うと笑いが込み上げてきて顔の肉を触った。頬を叩いたり引っ張ったりして自分が化け物でないかを確かめた。

日はすっかり落ち、スマホの青白い光だけが闇に取り残された。

バイト、酒、時々セックスという怠惰な毎日を繰り返していると大学生も終盤に差しかかり就職活動が始まった。

大学生活で求めていた答えが見つかりそうになく、東京に焦がれた。

うちの大学は地元に残って就職する人らが大半で僕のように東京に出たい人はかなり少数派であった為、周りの友達とも企業について情報共有することができず自分でコネクションを求めるしかなかった。

地元に残る人は、大学とコネクションのある企業に媚を売りに企業見学に行ったり、自己分析を基に求人サイトや大学の就職対策係の講師たちと面接練習を行った。

僕は一人東京に就活に来ても漠然としていた。カフェで履歴書を書いたり、自己分析を考えるも過去の自分を振り返ったところで仮面を被っているので掘り下げる内容がなかった。とは言え、企業説明会に行かなければならなかったし選考が進めば当然何社も立て続けに面接がある。それならいっそのこと内定をもらうまで、東京に住み込んだ方が楽。ということはわかってはいたものの、大学一年生の時から必要最低限の単位しか取っておらず、四年生になった今でも週に二回は通わなければいけなかった。

ゼミの先輩になるべく早いうちから単位を取っておけば後から楽だぞ、とゼミに入りたての二年生の時に言われたあの〝楽〟とはこのことだったのかとしみじみ痛感していた。

期間にして約二ヶ月、僕は東京と金沢を往復し、大学と就活の両立に心身ともに疲弊しながら無事ベンチャー系の不動産会社に内定を決めた。色んな業種を見て、それぞれの企業に合うような色を作り込んでいった。

就活アプリで右も左もわからないままとりあえずエントリーして就活生としての役割を果たす。これにどんな意味があるのか考えたところで『就活時期』というカテゴリーで片付けるしかない。縫合するように自分の顔に企業カラーの糸を縫い付けていく。面接が終われば解いて違う色の毛糸を縫っての繰り返し。

何社か企業概要を見ているうちに和気藹々として不動産会社のコンサルタントと客が部屋の図

面を見ている写真が飛び込んできた。

どっちも取り繕った笑顔を必死に作っていて似ていると思った僕は自然とエントリーボタンを押した。

最終的な決め手は社長のスピーチでこの会社をこういう風にして成長させたいという熱量のあるメッセージが偽りの心に落ちた。

社長はいかにここまで会社が大きくなることが大変で下積み時代に罵倒されたりひどい扱いを受けた気持ちがある自分だからこそ社員を大事にできるという失敗から成功した話に熱い熱量を乗せることによって相乗効果を生み、説明会に来ていた五十人の心をしっかり掴んでいた。

僕は本当に演者だなとごっこをやっていることにもう一人の自分が嘲った。仮面舞踏会のような戯れをいつまで続けるんだろう。わからないまま日常が流れ何の予兆もなく自分の意思ではなく外側から剥がされた。

灯里

彼女は僕よりも歳が三つ下でまだ高校を出たばかりで大人の世界に年齢とともにいきなり放り出された完璧なまでの淑女であった。

感情の起伏が激しくなり感情の対象物として見る余裕はないほど偽りがなく僕は恋に落ちた。もちろん本当の自分の魂の方に。

彼女は僕に世界の鮮やかさを教えてくれた。僕に固有名詞として名前を呼ぶ嬉しさ、恐怖、意義を教えてくれた。

あなたは今どこにいますか？　休みの日は上野の美術館に行って音声解説なしで絵画を想像していますか？　居酒屋が立ち並ぶ並木道を思い出すとふとあなたを思い出してしまいます。もし次にどこかで出会うことがあればこの世界のあれこれについて語ろう。

人の感情の温かさや冷たさ、儚さについて思い出話も交えながら再確認しよう。

初めて会った時に感じたガラス玉のようなあなたの瞳の前で僕は道化のない人間で夢現《ゆめうつつ》の中であなたを今なら見ることができるだろう。

彼女との出会いは大学時代に焼き鳥屋でアルバイトをしていてそこの忘年会だった。宴会の席には見たこともない顔ぶれがたくさんいた。社長が何店舗か経営している姉妹店のスタッフだろう。

飲み会の会場は座敷形式の居酒屋の為入り口で靴を脱いで、店員の後ろをついて行くと、余裕で百人くらい入りそうな大部屋に通された。

席順は各店舗ごとに決まっていて各々の店舗スタッフが宴会開始三十分前にも拘わらず、ぞろぞろと集まってきていた。

「え～皆さんのおかげで全店舗とも売り上げが好調でございまして、今日は労いの意味も込めて招集しました。このメンバーでまた明日から頑張っていきましょう！」

取り留めのない代表からの挨拶を終え、代表が乾杯の合図を出すと、がしゃんというグラスの乱雑な音が店内に鳴り響いた。

序盤はグループ内で日頃のバイトの話や恋愛話に花を咲かせ、ぎらついた眼をした男子大学生たちは身体を揺さぶってどうにかして女子に話しかけたそうにしていた。

誰かが話しかけに行かないとこの均衡は破れないと思った。でもそんな心配はお酒がすんなり解決してくれた。

時間にして二十分も経てば頬を赤らめた男女が自分たちの席とは関係なしに立ったり座ったり

し、大学生の新歓みたいな雰囲気に落ち着いた。大学の飲み会でこういう雰囲気には慣れていたので特に楽しくもなかったのだが意味のない安心感はあった。

お酒も入り終盤になると、一通り自分の店舗以外の人と話した各々が二次会に行くメンバーを選別したり、気になる人に連絡先を渡したりしていた。

「ねえ、お酒嫌い？　一緒に飲もうよー」

大学生飲み会お決まりのフレーズが少し離れた席から喧騒の合間を縫って聞こえてきた。

清楚系で可愛らしい女の子が男二人に囲まれて、いかにも他人の子供をあやすような言い方で
「ふふ、だってあなたたちと飲んでも楽しくなさそうだもん」とキッパリ言い張っていた。

僕は口に含んでいたビールを思わず吹き出しそうになった。不躾で実直な感情の吐露を簡単にやってのけていた。

僕自身、清々しく思ったと同時に話しかけた大の男二人が豆鉄砲を喰らったような顔をしてる様子を見て男として憐憫の心持ちでいた。

どこに腰を落ち着かせてよいかわからずとりあえず一定の場所に腰掛け男女が色めき立つ光景をただぼんやりと眺めた。どれだけ時間が経っても自分が全く変わっていないことに生ぬるい安心感を覚えた。本当は憧れのような気持ちがあったのかもしれない。宮が結婚したことで知らない気持ちが宙に浮遊していた。何かきっかけがないとその気持ちは自分の元には降りてこない。

「え、俺なんか面白いこと言いました？」

と自分の話で吹き出しそうになったと勘違いした後輩が不思議そうに言った。

大丈夫大丈夫と適当にあしらいながらも僕は作り笑いを浮かべその子を見つめていた。

「ええ、まじすか。それ女の子に言われるときついなー」とさっき話しかけた男がわざとらしく額に手を添えて安っぽい笑みを浮かべているのが見えた。

ああ、これだよなこれが大学生だよなと今の自分が鏡に映されているようで嫌な気分になった。

諦めたのか男二人は別のテーブルの女の子に標的を変えたようで席を立ち、蕩《とろ》けたような眼で別の女の子がいる塊に入っていった。

そんなことをその子は気にも留めず席を立ち鞄を持ってオーナーに耳打ちして、オーナーがその子に向かって軽く手を振っている様子を見るとどうやら帰るらしかった。

僕はその時なぜだかわからないが名も知らないその子のことが気になった。好きとかそういうのではなくただ純粋なる本能かもしれないしきっかけがほしかったのかもしれない。身体に浮遊感を覚えた。彼女を追いかけようとしてすでに立ち上がっていた。

「トイレすか？」

急に勢いよく立ち上がったものだから後輩が驚いた様子で聞いてきた。

僕はこめかみを親指と小指で挟むように後輩を見た。

「少し酔ってきて体調が悪いから帰るわ」適当な理由をつけて勇み足で畳を蹴り出した。

正直タダ酒が飲めるから参加したものの、大して仲のいい友達もいなかった為、いい加減場の空気にも飽きてきたところだった。

その証拠に二十分ほど前におかわりを頼んだいつ頼んだかも定かではないビールはグラスの表面の水滴がなくなっており、飲まずともぬるいことがわかった。

追いかけたところでどうなるかなんてわからなかったし考えもしなかった。ただ気づいた時にはオーナーに挨拶をしてお店を出ていた。

これが衝動というべきか本能というべきかわからないがレールの上だけを歩いていた昔の自分からは考えられないような行動だった。

店の暖簾を掻き分け、左右を見渡すとその子は飲み屋街が並ぶ一本道をゆっくり歩いていた。

木倉通りという金沢では有名な飲み屋街で、この一本道に関しては、何十年も修行した板前や、何年も食の道を極めた人たちがお店を構えており、お酒が好きでない人でも各店舗それぞれに常連顧客が付くようなグルメ通りだった。

彼女は華奢な身体を左右に大きく揺らしながら歩いていて飲み会からの解放感に耽っているように感じた。電灯に映し出された彼女の影が地面で楽しそうに踊っている。

それぞれの立ち並ぶ居酒屋店内の照明が外のアスファルトを優しく照らし、並木道を色付けていた。

途中で何組かのカップルかそうでないかわからない男女とすれ違い、皆一様に今の時間を大切に育んでいるような顔つきをしていた。

どのタイミングで声をかけようかそもそもタイミングなんてないかとそうこう考えているうちに足だけが前に進んでいた。

曲がり角で声をかけるよりもこの一本道で声をかけた方が恐怖心を与えないと思った。

慎重に彼女の横に並び僕は柔らかい表情を作って「帰るの？」とあまり威圧的にならないようなトーンで声をかけた。

彼女は最初誰だかわからないようという様子で眉尻を下げ、不審そうに僕を見たが、はっと思い出したように口を開いた。

「ああ、確かあの飲み会にいましたよね？　別店舗の人ですよね、どうしたんですか？」

彼女は驚いた様子で言った。艶のある綺麗な黒髪で膨らみのある立体的な唇は女性としての色気を引き出し、それを邪魔しないように小さくて滑らかな曲線を描いた小鼻と薄く伸びた漆黒の瞳が街灯に照らされていた。

さっきの飲み会の会話から棘のある言葉を言われるのではないかとドキドキしていたのだが意外と声色が情を帯びていて安堵した。

「いや~僕もああいう雰囲気苦手で出てきちゃったんだけどさ、何だろう。何ていうか雰囲気に溶け込もうとしない様子とか。堂々としていてかっこいいなあとか。う-んとにかくあんまり言葉にはできないんだけれど気になって一緒にお話ししたいって思っちゃったんだよね」

昼は緊張からか小刻みに震えた。自分の思考と行動をすり合わせながら言葉にしていたのでかなりぎこちない言い方になってしまった。

「さっき私が男二人の誘いを断ってたところを見てたのに誘うんですね」

彼女は意地の悪い微笑を浮かべながら僕の黒目の奥底を捉えて言った。

何もかも見透かされている。そんな気がした。

「自分の思っていることをはっきり言える子がどんな人なのか少し興味湧いちゃったんだよね」

標準語がどんな言葉なのかいまいちわからなかったが彼女は地元北陸の訛りはないように思え、僕も何となく彼女に合わせた。

「そんな女なんてどこにでもいるのに。変な人ですね」と不意にあどけない笑顔を向けられたので僕は心が居酒屋の時に彼女に感じたようにふわりと宙に浮いたような感覚を覚えた。

「ああいう大勢で楽しむっていう雰囲気が苦手で。みんなああいうところに行くと大多数の人は特別な場所だと思ってはしゃいじゃうでしょ?　でも私にとっては特別な場所ではないからいつも通りのテンションなの。だから試合前に無理矢理ドーピングしているところを間近で見せられてるみたいで呆れちゃうし疲れちゃうの。そんな大事な試合でもないでしょこれって」

彼女は三日月のような眼になり笑いを堪えていた。彼女の譬えはとてもわかる気がした。

中学時代の部活動、道化になろうとしたがどこかなり切れず、周りについていけず疲れていたあの頃の感覚に僕はゆっくり立ち戻った。


僕は部活選びに悩んでいて何となく祖父がバスケを学生時代にやっていたのを理由にやりたいこともないし祖父がバスケは面白いと豪語するのでやってみるかという軽い気持ちでバスケ部に入部した。入部希望者のほとんどが小学生の時からクラブチームに入っていて初心者は十五人中僕も含めて三人ほどだった。

練習についていくのがやっとでみんながスパスパとゴールを揺らしているのに僕は満足に利き手である右側のレイアップシュートすら決められない劣等感とチームメイトの冷たい視線が痛かった。下手くそでお荷物な人間に部活内での居場所はどこにもなかった。

二人一組や三人一組になって行う練習がほとんどだったが当然僕がお呼ばれされるはずもなくたまに誰かが休んだり、授業で遅れてくる人の数合わせで渋々ペアに入れられる程度で基本はコートの白線が敷かれている外で見ていた。白線が僕とバスケ部との境界線でもあった。

ひとたび白線の内側に入ればチームメイトは僕のことを容赦なく邪魔者として扱う。内側にいる間、僕は道化になれない。

それは存在を無視されるより苦しいことだった。

練習試合や大会でもベンチに入れずスタンドで応援していた。その方が変に期待されずに済むから気が楽だった。

うまい奴＝話の中心の輪に入れるという中学生特有の方程式があり、三年間の部活動時代、僕は輪の中に一度も入れなかった。

コワイカエリタイ。皆がキュッキュというバッシュの音を鳴らしながらレイアップシュートを決める度に心臓が張り裂けるようにびくついた。

練習中だけでなく、休憩時間にも僕は演じなければいけなかった。

僕は自分をどう表現したらいいかわからず人と話をするのすら億劫になり、輪の中心から一歩外れて聞いているような感じを出した。みんなが盛り上がって笑っているタイミングで自分も笑い、お笑いで言う観客を常に演じた。

演者は別に観客の表情をしっかり見ているわけでもなくただ笑いという空気に気持ち良くなるものだから僕が多少無理に笑っていたとしても彼らは声の一部として、満足した。

これなら小学生の頃からやっていたことなので得意だった。

たまに、今話題の芸人の真似をさせられた。

僕が顔全体を右手で覆い、期待が高まったところで変顔を見せると嘲笑混じりの爆笑が巻き起こった。下ろした右手は震えたままだった。

毎日神経をすり減らし、なぜこの場所にいるのかわからなくなり、練習が終わると誰よりも早く体育館を出て僕は自分の家に真っ先に帰った。

無理矢理ドーピングして合わせる疲労感も誰かがドーピングしているのを間近で見ることも同族嫌悪に陥り、帰り道に道端を歩いていてふとカーブミラーや車の車体が反射して自分の姿が写ってしまうと思わず顔を背けた。偽物の自分の姿形を見るのがたまらなく嫌でずっと自分自身から逃げていた。

逃げる為に造る。造った自分に嫌悪して疲弊する。毎日毎日。

「ねえ、大丈夫？　君から話しておいて何考え事してるのよ！　そんな暇ないでしょ？　私を誘う為に何手先も考えなくちゃいけないでしょ？」

彼女の素直で悪気のない上からの物言いが僕を現実に引き戻し、思わず僕がくくと笑うと彼女もつられて笑った。

「では改めまして、わたくし草壁悠と申します。あなたが気になるので一杯お付き合いお願いできますか？」

僕はまた実直という沼に入っていこうとしていた。でも今度は必ずその中を掻き分けて心の闇を鷲掴みにしたいと彼女の顔を見ると不思議とそんな気持ちになった。

「よろしいです。顔が少し胡散臭いけど」

彼女は目がなくなるくらい笑った。どうやら誘うことは成功したようだ。

二月の冷えた夜風が肌を無遠慮にすり抜けるも僕は高揚しているのか寒さがやけに心地良く馴染んだ。

僕たちは今歩いている場所からすぐ近くの行きつけのバーに向かった。

お店を入ってすぐ右隣にグランドピアノが置かれており薄暗いブルー系の照明がそれを異様に際立たせていた。

カウンターの上にぶら下がっている裸電球の灯りを頼りに店内を進む。店のマスターと目が合い、マスターは僕を認識すると柔和な笑みを浮かべた。

「よお、久しぶりだなおい」

マスターの鼻にかかったような掠れた声がカウンターの中から聞こえてきた。

聞き馴染んだ声に安堵して二人はステンレスのスツールに腰掛けた。

店内はカウンター席が六席に四人掛けのテーブルが三つしかない、こぢんまりとしたバーだった。

マスターの気遣いで女性でも安心して飲めるように男女が隣にならないように必ず席を一つ空

けて座らせるのが決まりで、態度の悪い客にはすぐに退席してもらうのが彼のポリシーだった。彼のそういった、治安の良い環境を徹底しているのもこの店を行きつけにする理由の一つだ。お酒の種類も豊富で五百種類のカクテルが全て五百円で飲めるという学生の財布事情からすると天国のようなお店だった。

メニュー表は文字サイズ八ポイントほどのフォントサイズで左上から右下まで酒の銘柄、カクテルが羅列していた。

カクテルの中にはエメラルド、ルビー、サファイアなど自分の誕生石をイメージしたカクテルやエレキなんとかやら名前からは想像できないお酒がたくさんあり、その名前からどんなカクテルができるのか想像するだけで楽しめた。

種類の多さを裏付けるかのようにカウンター壁面には整然と見たこともないリキュールが色の不整合さから来るそれぞれの艶かしさを瓶の表面から放っていた。そのおかげで薄暗い店内とは対照的にバーカウンターだけは瓶によって明るさを保っていた。

彼女は自身の誕生日が7月ということからルビーを選んだ。

お酒のリキュールの色が真っ赤であったのでおそらくはカシスベースで氷の上を滑るかの如くザクロが多く散りばめられていた。

「ていうか、誕生日は聞いておいて私の名前は聞かないの？　普通順番逆でしょ？」

彼女は不服そうな顔で僕を睨んだ。

「だって誕生石のカクテルなんてあったら何月に生まれたか気になるじゃない、でもルビー似合ってるよ」

焦って後から付け加えたように僕は言った。

「全然嬉しくない、そんなその場凌ぎ満載な感じで言われても」

そういうやりとりに愛おしさを感じながら、僕はいつも通りビールを頼んだ。

この店に初めて来た際に、映画「００７」のジェームズ・ボンドに憧れて頼んだマティーニの味が舌先に浮き出てきたかのような苦味と情景が僕を余韻に浸らせた。

もはや味というより消毒液として舌を刺激し、熱を帯びたまま喉を通り、あまり美味しいとは感じなかったのでまだ年齢のせいだろうと当時お店に来た時を回顧した。

お酒がわからないうちは自分が美味しいと思うものだけを飲んだ方が当たり前に外れなく楽しめるので基本はビールにしようと自分の中で決まりを作った。

さっきまでのぬるそうなビールとは違い、グラスの外に水滴が満遍なく点在しており、冷たくて美味しそうだ。

絵の具で塗ったような黄色と赤色それぞれの褐色のいい色味が揃ったところでお店の雰囲気を壊さないように静かにグラスを重ねた。先ほどの居酒屋の飲み会のような雑な音ではなく風鈴がドアに当たったような控えめでいて心に優しく触れるような音だった。

「灯里」一瞬の沈黙を彼女の柔らかい声が溶かす。

「へえーどんな漢字？」

僕は彼女を飲み込むようにビールを口に含む。

暖房がよく効いているせいか喉を通した瞬間に熱が身体の上から下へ通り抜けていくような感じがした。

「灯すに里って書くの。でもあんまり自分の名前好きじゃないの。だってそうでしょう。どう見たって里を灯すような顔してないじゃない？　美咲とか琴音とかそういう綺麗な名前が良かったわ」

名前なんて考えたこともなく生まれた時からついていた代名詞だと思っていたので僕は彼女の話を新鮮な気持ちで聞いた。

「いや、漢字が二文字あって考える余地があっていいじゃない。僕なんて悠だから考えなくてもネットで検索したらわかっちゃうよ」

僕は嘆くように言った。

「確かに考える余地があるだけまだマシなのかもね」

掛け合うように二人で笑った。

妙に落ち着いた話しぶりから灯里から自分の年齢を聞くまで彼女が僕の三つ下だとは思いもしなかった。

彼女は地元、金沢の看護専門学校に通っているとのことで学校の課題が大変だとぼやいていた。もともとそんなに看護師をやりたかったわけではなく大学に行くほど勉強がしたくなかったから給料の高い看護師を目指そうと思ったらしく、僕の友達にも看護師志望が何人かいるが皆そんな理由だった気がした。

ここ数十年の変化のない給与水準。上がり続ける物価。減り続ける結婚。それらが女性の独立を後押ししているのは言うまでもないことだった。

ただ単に金払いがいいとは言え看護師という仕事は命を預かるのでその分、激務で辞める人が絶えないという噂をテレビやニュースを見る程度には聞いたことがあるが、灯里のように動機が不純な方が変に責任感を感じず長続きするのかもしれないと漠然と思った。

灯里は頬を赤らめ焦点が外れたり、そう思うと急にこちらに視線を向けたりとその動作に艶めかしさの類を感じた。

微笑んだ顔がテレビに出ているアナウンサーに似ていると思ったが名前がすぐに思い出せず頭上で霧散した。

「僕はもうすぐ就職だよ。まだまだ学生満喫できてないのになあ」

社会に出たら自分は何か変わるだろうか。それとも上司に諂《へつら》ってまた道化に成り下がってしまうのか。未来に対する期待と恐怖が入り乱れながら言った。

「そうなの？　どこに就職するの？」

大きな獲物を見つけた時のように灯里は目を見開いて言った。

「東京の不動産会社に就職するよ」

「へえ～東京行くんだね、私も就職は東京か京都がいいなあ」

彼女は頬杖をつき、目の前にある鮮やかなボトルを眺めていた。ボトルに映った灯里は陰翳が濃く、楕円形に沿って頬が伸びて蝋燭のように揺れていた。

「いやいや、どっちも全然違った雰囲気の街じゃん」

灯里の能天気な話し方に自然と僕の返答もバーの空気が弛緩したように和んだものになった。

灯里は僕の突っ込みに対してやんわり笑って答えた。「東京は都会だし色んなものがあるから楽しそうだし、京都は時間の流れがゆっくりしてそうだから私には京都の方が合いそうだな～」

根拠もないことを透き通ったガラス玉のようにきらきらした瞳で語るのでそれ以上僕はそのことについて何も言わず、ただ美しい彼女の瞳を見つめながら話を聞いていた。それに僕も色んな期待を東京に持っているという点では同じだ。

その後も好きなタイプの顔や大学の友達がどうとか他愛もない会話を小一時間続けた。

一番意外だったのが彼氏が今まで一回もできたことがないということだった。これだけ透き通るような清楚美人であれば自分から行動を起こさなくとも少なくともクラスの一人や二人に告白されてもいいはずだと思った。

「さっき付き合ったことがないって言ってたけど灯里は誰かと付き合いたいとかこの人いいなって思ったことないの？　クラスに君がいたら誰も放っておかないと思うけど」

目線を灯里の右隣のグラスに移すと灯里は酔っているのか人差し指でグラスに入っている氷をくるくると掻き混ぜていた。

ザクロの果肉が氷に押し出されてクラゲのように下になだらかに沈んでゆく。

薄青いガラスのフィラメントが灯里の睫毛を妖艶に見せた。

「う～んないかなあ。告白されてもなんか皮を被っていて気持ち悪いって思っちゃうから付き合えないんだよね」

灯里は首を傾げ誰にも知られていない海を一人で遊泳しているようだった。

僕は何か硬いところをアイスピックのようなもので突かれた気がした。

「皮を被る。良く見せようとするってこと？　でもそれなら誰だってそうじゃない。気になる人にアピールすることは普通だと思うけどね」

宮と出会うまで自分が傷つかないように自分を演じ忖度を常に意識してきた。それが一人に対してか全ての人間に対してかの違いだけであって恋愛も僕は同じ扱いでいた。

「そう、それがすごく嫌でさ。加工物をどれだけ見たところで時間が経つにつれて剥がれ落ちた時にやっぱり加工物だったのに私付き合っちゃったって失望するのが嫌なのよ。期待が膨らめば膨らむほどに失望の落差は大きいでしょう」灯里はどこか自分を曝け出すことに愉悦を感じているのか頭をゆらゆらと揺らして笑って見せた。

「灯里は正直な人だね。正直すぎて生きづらそうだけど」僕は合理的すぎる彼女に舌を巻くも彼女の愚直なまでの物言いに懐かしさと淡い恐怖を覚えていた。その恐怖は僕が追い求めていた貪欲な答えにじりじりと影から這い寄ってくる。

彼女に関心を持つことで彼女は僕のことが嫌いになるかもしれないし僕も彼女に恐怖を感じるかもしれない。僕はずっと皮を被ってきたのだから。そう思うとこの楽しさも有限でいつかは自分がどんな人間だったかも忘れるだろうな。

「そうだね。かなり生きづらいし。周りからは頭おかしいって言われてる」

灯里の乾いた笑い声とともに綺麗なセミロングの髪が小さく靡《なび》いた。

隣から甘く運び込まれた匂いにもう二度とやってくることのない偶然の時間の産物を心ゆくまで楽しもうと思った。

スマホのホームボタンをタッチすると、とうに日付が変わっていた。

このぬるくてふんわりとした雰囲気に半身浴のような気持ち良さを覚え、まだ一緒にいたい衝動を抑えられずにいた。

僕は白々しく、平然を装って言った。

「もう日付変わったけど帰りは大丈夫なの？」

「うーんここからだと家まで車で三十分くらいかかるから歩いては帰れないし近くの友達に連絡してみようかなって思ってた」

徐に灯里はスマホを触って友達のトーク画面を探しているようだった。

「おっけー、じゃあ友達から連絡が来るまで待ってるからもう少し話していようか」

僕は彼女の合理的な性格に触れないように言葉を選びながらもどんどん心臓が高鳴るのを感じていた。

「はーい、ありがとう」

何も考えずに流すような口調で灯里が言った。

内心では連絡が来ないでもう少し一緒にいられたらと多少の下心と灯里といる心地良さが僕の心を取り巻いて二人の間の時間が他の世界と隔離され、まるで帳《とばり》を張っているような感覚に陥っていた。

灯里から「もう少し一緒にいたい」という極上に甘い一言を期待したけれど流石にドラマみた

く事はうまくいかないものだと至極感じた。

初対面でぬるい気持ち良さを感じるのは初めてのことかもしれない。

不思議と灯里には何でも打ち明けられ、宮との話やお酒で失敗した時の恥ずかしい話など、普段表に出すことのないことも腹からどこもつっかえることなく喉仏を通過して灯里の元へ真っすぐ届けられた。

それは彼女の合理的な性格と自分を隠さない態度に僕が無意識のうちにセーフティーバーを下げたのかもしれない。

灯里はそんな僕の話を時には笑ったり時には真剣な表情をして聞いてくれた。

友達に連絡してから一時間は経っていた。

「うーん困ったなあ連絡ないから寝てるのかもしれない」

灯里は下唇を突き出してスマホ画面をじっと見ていた。嬉しさと次に自分が言うことについて多少の恥ずかしさを感じ顔全体にじんわりと熱が広がっていくのを感じた。

「じゃあ僕の家がここから近いし来る？　あ、一応ロフトとソファーがあるから灯里はロフトで寝てもらって僕はソファーで寝るよ」

いやらしく聞こえないようにお互い別々で寝られる状況ということは誇張し、安心感を与えた。

「そうだね、じゃあ行こうかな」

僕は案外灯里が戸惑う素振りもなく了承してくれたことに対し、驚き、そして心がバネのように弾んだ。

僕と一緒の空間で寝ることに彼女の合理性が許可を下ろしたのだ。

「トイレに行ってくるね」

その間に気持ちを落ち着かせようとビールを一気に飲み干した。

「よお、かわいい子だな色男」

バーのマスターがカウンターに肘をつき、灯里がいないタイミングで少し眠そう目をしながら話しかけてきた。

マスターとは店に来た時によく話すのだが、来る度に、「そいやお前金沢美術大学だったよな？　あれだろ本田圭佑とか松井秀喜が出身だった」

「いやいや、いつも言ってるじゃないですか。違いますよ。それに本田圭佑と松井秀喜の出身は星稜高校だし、若返ってるじゃん」と言ったコミカルなやりとりが決まって行われた。今回も慣例的だった。

マスターは今年七十歳。彼がボケでそれを言っているのか本当にボケているのかわからなかったが毎回聞いてくるあたりほんとにボケているのかもしれない。

「大事にしろよ」

いつもふざけた感じで話してくるマスターにしては珍しく鋭い眼差しでそう言った。

僕と灯里の関係性をわかった上で要約したような一言だけを残して二つ隣の客と談笑を始めた。

灯里が戻ってきたところを見計らって僕は大学生くらいのアルバイトの男の子を呼んでお会計をした。

僕たちはタクシーで家に向かい、千鳥足で鍵を乱雑に開けて先に灯里を通した。

定位置にあるはずの玄関に取り付けられた照明スイッチを手探りで押した。照明によって洗濯カゴからはみ出た衣類、半開きの扉から見える二十四インチの小型テレビが露わになり、酔った僕に既視感を覚えさせた。

「わあ、お洒落な部屋だねえ」

灯里が目を見開いて好奇を抱いた子供のように驚いたので僕の部屋に連れてきたことに対する喜びは更に加速した。

間取りはロフト付きの2DKで洋室七畳にDKが六畳と一人暮らしにしては広めで、ロフトのない部屋は持て余して物置になっていた。

冷蔵庫を漁るとワインが残っていたので飲むか勧めたがいらないと言ったので僕だけワイングラスにワインを注ぎ、鼻先でアルコールの匂いを確かめ、口に注ぎ込んだ。喉が仄かに熱く痺れた。

部屋の暖色系の間接照明が睡魔を引き立たせたのか話の途中で灯里は眠いと言って階段を上り

ロフトで寝てしまった。

僕もかなり酔っ払っていたので目を閉じた瞬間眠りにつくことはわかっていた。

このまま宣言通り、ソファーで寝て朝起きた時に紳士な対応をしたと好印象を持ってもらうか、布団に入って粗相をするかだ。

お前は結局自己満だろう。そんなものの為にもう二度と来ないかもしれないチャンスを棒に振る気か。

大学生にカテゴライズされた時から住み着いた悪魔がバンバンと今か今かと心を叩く。

うるさい。そんなわかり切ったことで騒ぐな。獣のような欲望心を乱暴に制してロフトの階段を上がった。

僕は灯里が眠るベッドに入り、後ろからそっと抱きしめた。

灯里は目を閉じながら少し抵抗する素振りを見せたが、僕は布団に入ったことで酔いが全身に行き渡り脳が振り子のようにリズミカルに揺れもう歯止めが利かなくなっていた。

灯里の手が後ろから伸びる僕の手を必死に身体から引き離そうとより一層力が強くなるのを感じた。

僕は力ずくで灯里の腹部に触れていた手を胸の方に持っていき無理矢理愛撫した。

身体が捩《よじ》れるほど呼吸が荒くなり、灯里の顔に僕の息遣いを伝えると同時にキスをせがんだ。

「やめて」と少し震えた声で灯里が囁いたことを聞いた途端に一瞬で体内のざわめいた血が引き、代わりに罪悪感が湧いて手の力を緩めた。

僕の悪魔も身体の中に戻り、潮が次第に引いていくように意識が朧げに遠のいていった。

朝起きると灯里の身体は昨日とは変わりこちら側を向いていて、僕の腕の中に収まった。

僕はというと、パンツも穿かずに寝てしまい、羞恥の姿を晒してしまった。

自分の家にも拘わらずさっさとこの場から立ち去り誰も知らない場所で灯里との出来事を静かに考えたかった。

灯里が身体の全身を使ってゆっくり伸びた。

「んん～おはよう」

昨日の出来事を怒っているのではないかとびくついたが、昨日とは打って変わって優しい灯里の声と表情が僕を唯一安堵させた。

叱咤を受けると思っていた僕は一言の挨拶で何か温かい空気に包まれた心地になった。

でも、一体どうしたのだろう。確かに僕の記憶では無理矢理触ろうとして拒否されていたではないか。酔っていて定かではない記憶を必死に手繰り寄せて考えるものの、灯里の僕に対して好意があるという表情を浮かべたシーンはなかった。

「ん、おはようどうかした？　なんか嬉しそうだね」

頭が重い。まだ微睡《まどろ》んでいて視界がはっきりしない。そのせいか至近距離で僕の身体に埋もれている灯里に対してこれといった気恥ずかしさや緊張は感じられず初めから自分の一部であるかのような安心さえ感じた。

「好きになっちゃった」

一瞬だが、確実に僕の思考が止まった。いきなり他人の裸を見せられたように。頭の中には疑問符が多数浮かび、灯里が何を言っているのか理解できなかった。

僕は昨日お前を犯したんだぞ。やられそうになって一晩寝て好きになるなんてよほどのマゾか思考が狂っているとしか言いようがないと思い、糸で上から吊るされ身動きもままならないように思考が宙ぶらりん状態になった。ここでも女という生き物は得体が知れないと思った。

昨日初めて会った人に好きになったと言われて、僕も好きになったかと言われたら全く確証を持てなかったが、灯里のガラス玉のように純粋で光った目を見た時もうそんな理屈はどうでもいいと思った。

きっとそうなるべくしてそうなったに違いない。これも偶然などよりは本能が導くべくして導いた結果。

そう思うことにした。俯瞰して悩んだ言葉で自分を表現することができなかった僕に答えをくれるのではないか。

そう期待させるような理屈を超えた何かが彼女にあるような気がした。

「僕も好き。でも今年の四月から東京に就職だから遠距離になっちゃうよ」

灯里はもうすぐ大学三年でもし東京に就職するとしても一年は遠距離を覚悟しなければならなかった。

「私は大丈夫、悠は？」

灯里はそんなちっぽけなことは微塵も気にしていないかのように何の躊躇いもなくそう言った。純粋な女の子にそんな即答されてはもう僕に迷う余地は残されていなかった。

「大丈夫、付き合おう」

今日は何曜日なのか、授業があるのかないのか、そんなことなど忘れて抱き合ってお互いの気持ちを確かめ合った。


不動産の仕事は覚悟していたよりも過酷でアポイントを取る為に入社して一ヶ月間はみっちりロープレを同期とさせられた。おかげで別に同期のことが嫌いでもなかったのに毎朝顔を合わせるのがストレスになった。

忙しい合間を縫って必ず一ヶ月に一回会いに行き、ゴールデンウィークなどの大型連休は灯里も東京に来てくれて新大久保にある灯里が好きなコスメショップに行ったり韓国焼肉屋に行ったたりと灯里も勉強のストレスを発散していた。

合鍵を渡すと灯里は「実家の鍵と一緒だ。えーどっちがどっちかわかんないから何か目印つけないとね」と嬉しそうに合鍵を見つめ、微笑みを溢した。

僕は彼女のなんてことない笑顔をいつまでも守りたいとそう思った。

自然体でいられる喜びが毎日のガソリンのように僕の心を満たし続けた。彼女が宮のように怒り狂うわけがない。灯里の中には黒く淀んだものなんてない。そう思いながらも心のどこかでは正体のわからない感情がいつ這い出てくるのか恐怖に怯えていた。


十月に入り、鈴虫の音も気がつけば鳴りを潜め秋風が素肌を撫でるような心地良い季節になった。

灯里は一月に行われる看護師国家試験に向けての勉強で忙しくなり、僕らは会えなくなっていた。

よく看護専門学校の入学パンフレットの表紙に当校では看護師国家試験合格率九十九％などと謳ってはいるが実際にはクラスに一、二人は国家試験を通過できずに一年留年して次の年にもう一度受けるそうだ。

灯里の実際の成績はと言うと模試ではだいたい真ん中くらいで安心もできないような状態のよ

うで本人も不安を募らせていた。

学校終わりに同じ専門学校に通っている友達とファミレスで勉強したり、たまに電話をかけてもそろそろ勉強するねと言って切ったりもちろん合格する為だろうがそれが僕の為のようにも思えて寂しさも我慢できた。

僕は僕で仕事には慣れてきたものの、物件案内がない日は朝から晩まで過去に物件案内をして検討になったお客様にアポ電話をしてもう二度とかけてくるなよと怒鳴られ疲弊の毎日を過ごした。

アポ取り失敗を課長に報告する度に皺が中央に集まりまるで鬼の形相で睨まれた。

「何で契約取れないかなー、やる気ないならやめたら」と冷めた声で課長に圧をかけられる毎日。何でここにいるんだろうとこれが本当に我慢してまでする仕事なのかと仕事に対する向き合い方についてぼんやりと考え始めていた。

翌年の春、無事灯里は国家試験に合格して東京行きを決めた。クラスに一人だけ合格できずに浪人する人がいたらしいが興味もないので触れなかった。

灯里の職場は飯田橋近くに位置し、東京都内で見ても大型の病院だった。

彼女が住むマンションは職場の病院と提携して通常家賃を払うよりも安く住めるのだと嬉しそ

うに話していた。

「老後に必要なお金が二千万くらいだから毎月三万円ずつ貯めても足りないなぁ」

ほんわかとした雰囲気で将来のことなど何も考えていないように見えて意外と堅実な面もあるのだなと僕は彼女の新しい一面を知る度に占領感が膨らんだ。

対する僕は目の前の仕事に精一杯でとても貯金のことなど考えておらず、ストレスが溜まっては飲みに行くという生活をしていて貯金はほとんどなかった。

僕たちは灯里の国家試験合格と就職のお祝いに銀座にあるイタリアンレストランで乾杯した。

普段はお酒を飲まない灯里もその日は赤ワインを飲んでいた。

「はあ、やっと終わったよ。ほんとに一年間長かったなあ。悠もありがとうねたくさん支えてもらっちゃって。仕事は相変わらず大変?」

灯里は髪を茶色く染め上げて三つ編みにしていたのでこの前会った時よりも顔周りが明るくなって見えた。ストレスから解放されて気分を変えたのかもしれない。

僕はただ美しい彼女を見つめた。ワイングラスに視線を落とし、唇が飲み口に触れてから液体がスーッと吸い込まれるように灯里の一部に取り込まれていく様を余すことなく脳裏に焼き付けた。

「いやいや何もしてないよ。ただ会いたいから会いに行ってただけ。仕事に関しては何で怒られるのかわからないくらい怒られてるよ。あいつらそれが仕事なんだろうけどさ」ぼんやりと苛立っている課長の姿が思い浮かんで小さく苛立った。

「怒るって何だろうね。たかだか仕事じゃんね。別にミスしても死ぬわけじゃないのに。私だったら怒られる意味がよくわかりませーんって笑いながら言っちゃうかも」灯里のおどけた笑い声が店内に明るく響いた。

思えばこの一年間ずっと張り詰めていた。初めての社会人。初めての東京。灯里の受験。それに追い討ちをかける遠距離。

遠距離が終わりまたこの温かくて柔らかい雰囲気を感じられると思うと今まで抱え込んでいたものが解けた。

灯里に何笑ってんの気持ち悪いと優しい笑顔で突っ込まれ、熟年夫婦が醸し出すような安定感が二人の間を取り巻いていた。

夕食後は、どちらかの家に泊まることがお決まりの流れになっていてどちらかというと灯里の家で会うことが多くなった。

灯里の家は駅から徒歩五分のオートロックマンションで外観も内装もとても綺麗だったが壁が薄いという点だけが問題だった。

ベッドで一緒に寝ている時に壁の向こう側から知らない女性の喘ぎ声が頻繁に聞こえた。

灯里の部屋は角部屋であった為、配置的に隣の部屋がないはずの右隣から音が響いた。行為が終わった後に僕が中学生の時に聞いていたＪＰＯＰの音楽を大音量に流してカモフラージュのつもりなのか、あれがリハーサルのつもりだったのか。

「掻き分けろよ～その鼓動を～」というフレーズが毎回行為終了後に流れて学校の授業終わりのチャイムの役割をしていた。

ああ、ようやく終わったねといつもそのフレーズが聞こえてきたら呆れたように頬を下げて二人で苦笑した。

その音が聞こえ始めた頃は、お互い目を丸くして驚き、聞き耳を立ててネットに投稿されているようなエロい体験談に書かれていそうなことが今現実に起きていると思うとどこか気持ちが浮き立った。

灯里が言うにはおそらく、上の階にギャル上がりの看護師がいてその子が彼氏持ちだから見た目の派手さからその子だろうという結論になったのだがどういう理屈で真上にいる喘ぎ声が壁を伝って真横から聞こえるのか不動産の仕事をしている僕でも原因は全くわからなかった。

初めは興味半分で壁に耳を押し付け、相手がどんな人でどんなセックスをするのか想像しながら聞くのがどことなく快感だった。

自分でもそんな性癖があるなんて知らなかった。身近にこういうことが起きないとわからないものだなと開けられることがなかった第六感が目覚めた感じで少し心地良かった。でもその音が毎日決まった時間に続くと次第に快感から雑音に変わり、僕らの生活に勝手に外部からチューニングされているような気分になった。車の運転中にいい雰囲気をぶち壊すラジオから流れる下ネタのオンパレードのようなものだった。

僕と灯里がセックスをする時にもその音が聞こえてくることがあり、自然と身体が同調して後になって複数プレイをしてしまっているのではないかという不快感に襲われる。

ギシギシと上の階と灯里のベッドの軋む音が重なり耳が錯綜した。

灯里は初めのうちはその音が聞こえてくると面白がってまた聞こえるねなんて笑いながら言っていたが慣れるとその音すらも生活の一部となりどんなに音がうるさくとも寝息を立ててすんなり眠るようになった。

僕はなかなか壁の外の行為が始まるとその不快感から抜け出せず、真夜中になると悶々とした気持ちになった。

家でお互いの好きな小説家の本を交換して読んだり、ご飯を一緒に作っている時にムラムラしてセックスしたりするとあっという間に休みの時間は過ぎた。

僕がたまには出かけようと言って有名な美術展がある上野まで彼女を連れ出した。

グスタフ・クリムトというオーストリアの画家で人物画に定評があり彫刻画の上から美しい金

箔のような装飾を施した装飾家として有名だった。

展示会入り口で音声付きにするかどうか選べるのだが二人の会話を楽しむ為にヘッドホンは受け取らなかった。

作品制作に至った背景や題名から勝手に想像してこういう意図でクリムトは描いたのではないかという僕らが見たままの自由な思考を楽しんだ。

周囲を見渡すといかにもお洒落が好きそうな女子がこぞって一枚一枚作品の前に立ち写真を撮っていた。この場にいるという自己満足に浸るだけで実際美術を本気で好きなわけではない。作品に対する薄っぺらい視線やシャッター音は空間演出を明らかに下げた。でも僕と灯里も同じかもしれない。写真を撮らないだけでクリムトの感性を五感で感じようと評論家の真似事をしているだけで実際本当に彼の作品性を享受できているかはわからない。

そんなことをおくびにも出さない灯里はクリムトの作品を一つ一つ煌びやかな様子で楽しんでいた。

「ベートーヴェン・フリーズ」という縦幅二メートル横幅三十四メートルという絵画にしては規格外の絵が展示されていて、その両眼の視野に収まり切らぬ迫力に興奮した。

巨大な絵は三面に分かれて描かれていた。

左の壁には大柄な戦士にピタリと寄り添ってる二人の女性がいることから「幸せ」を表現して

いるように思えた。

真ん中の絵からは乱れた髪の女性や描かれている人物たちの目の焦点がどこか邪悪さが感じられることからテーマが「悪」について考えていることが感じ取られた。

右端の絵からは合唱する女性たちの後ろで男女が抱き合っていることから「祝福」を表していると思った。

僕が想像した世界観とずれがあるのか気になったので答え合わせをするかのようにネットでこの絵について調べた。

テーマは名の通りベートーヴェンの交響曲第九番であり、左、右、中央の絵の主役はベートーヴェンで彼らの欲望を描いたものであった。

二人手を繋ぎながら右から左へゆっくりクリムトの世界観を想像しながら歩いた。

初めてクリムトという画家を知ったのは中学生の時に母が千ピースパズルを突然買ってきて、「この人の絵素敵でしょ～。ママの大好きな画家なの。同じ色の背景に見えて微妙に色を変えて絵が生きているみたい。でもこれをパズルで作るとなると難しそうね」

そう言って屈託のない笑顔で母親と熱心にパズルを作っていた時からだ。

クリムトの絵は芸術に詳しくない僕にも想像させるだけの確固たるアイデンティティーを持ち、彼の意思が少しでも理解できるとクイズが解けた時のひらめきとも言える爽快感を感じさせてくれる絵だから僕も大好きだった。死んだ画家にこれはどうとか聞けないから正解はわからないけれど少なくともそうだと言える錯覚には陥ることができる作品が多いように思えた。

幸せを感じたり、また他人の幸せを妬み嫉《そね》み、成長すると相手の幸せを祝福する余裕が生まれる。彼の絵に見入れば見入るほどまるで人の感情が成長する過程を描いているように感じ、人生とは浮き沈みの繰り返しだと自分に当て込むことができた。

この絵の最後の面は女性によって救済されているような感じがしてますます自分に重ねてしまった。

あ、もうわかってんじゃん自分。僕は窓の外から内側にノックし自問自答をした。

灯里の存在が外壁からではあるが人生とは何かまるで暗い洞窟で一本の淡い蝋燭が灯ったようにぼんやりと見えてきた気がした。


一緒に住み始めて数ヶ月経った頃、灯里と僕との関係にも次のフェーズがやってくる時が来た。

一緒に住んでみると生活感や今まで住んできた独自のルールがあり些細なことで価値観の相違に頭を捻ることがしばしばあった。

ただどちらかが折れなければ口論になると思ったので僕は灯里の生活スタイルに合わせようとスマホのメモ機能に「灯里生活スタイル一覧表」と題して忘れないように保存していた。今まで感情は別のものにすり替えてきたのが急に触れてみたくなった。

　小学生の頃からやっている処世術とは似て非なるもので感情が追加されるだけでこうも合わせることが難しいものだと思い知ることになった。

　例えば風呂上がりに換気扇をつけた時に「うちの家では換気扇は使わないって言ったじゃない。戸を開けて自然に換気するのよ」と灯里の怒り方が原因で口論になったり、僕は僕でゴミを床に捨てる灯里の癖が気になり、冬ならまだしも臭いが充満する夏になってもゴミ袋を玄関に置きっぱなしにする彼女の神経が気になって指摘した。

　お互いの嫌なところが虫に刺された赤い膨らみを見て他人が刺されているのに自分まで痒くなるような状態になっていた。

　なるほど、人に近づくとはこういうことかと思った。自分がここまで他人に関与したり、ましてや同じ空間で生活するなど経験がないもので人は好意を持つと同時に人の行動も気になってくるのだと歩み寄る難しさを感じた。

　もっともっと自分を押し殺そうと思った。小、中、高、大と全ての過程において他人に合わせるという感覚は研ぎ澄ませてきた。

　大丈夫、これから彼女の脳に支配され自分が取り込まれ彼女の生活の一部となることが僕にはできると思った。怒りを透過し何か違った感情にすることでうまくいく。

うちの会社では毎月初めに前月に一番売った人がトータルの売却額と件数を発表するベストバイアワードという表彰式が社内で行われた。

なぜそれだけ家を売却することができたのか。客層はどんな感じでどういう戦略を持って案内に臨んでいたかなどを選ばれた人が話さなければならない。

僕はいつもくだらないと思いながらベストセールスマンの言葉を聞いていた。

家がほしい人たちに対して戦略を立てる意味がどこにあるのか入社したての頃はわからなかった。でも会社とはそれでは成り立たず必ず利益を上げなくてはならない。それはどこから来るか。少しでも高い家を売りつけること。希望の家ではなく高い家を希望の家に見せ、購買意欲を高めることが僕らの仕事だった。

客はグレードの高い家を見るとそこを動きたくなくなる。たとえ収入に見合っていなくても支払いは未来のことだから何とかなると希望を持つ。人間とはそういうものだ。一番の嘘つきが表彰され周りから讃えられる。ここにいる全ての人たちがローン地獄へと突き落とす金の亡者たち。その頂点に立った人のスピーチを聞いているだけで吐き気がした。

熱を帯びた会社の理想図がパラパラとゆで卵の殻みたく割れていく。

客を騙しているような不快感を感じながらも殻が割れて覆うものがない会社をようやく捉え始めたことに不思議な快感を得ていた。

朝早くから夜遅くまで働き灯里と一緒に寝ては起きの生活をひたすら繰り返した。

「悠、目の隈がひどいよ。仕事無理してるんじゃない？　最近帰ってくるのも遅いし」

ベッドの中で枕に顔を半分埋めながら灯里が心配そうに言った。

僕は今仕事に対して思っていることを灯里に打ち明けようか迷った。でも灯里は看護師で毎日命と向き合っている。僕の悩みなんて比べものにならない。余計なストレスを彼女に与えたくなかった。それに、殺すんだ。余計な感情は。

「大丈夫、まだ仕事に慣れていないだけだよ。灯里のところに毎日帰ってこられて幸せだよ」

僕は灯里の唇にゆっくりと顔を近づけてキスをした。仕事で取り憑いた薄汚れた空気を振り払うように彼女の身体を一心不乱に愛撫した。二人の吐息が重なり、仕事の面倒な考え事を意識の外へ追いやる。カーテンから漏れ出す月の朧げな光がぬめりとした精液と恍惚とした灯里の表情を照らした。

彼女は前ほどの可愛らしさを消失していたように感じられた。まるで長年着用したセーターのようにくたびれていた。そんな灯里を横目に射精した瞬間に気持ち良さと仕事の疲れが身体を覆い、ゆっくりと微睡みの中に吸い寄せられた。

数ヶ月後、僕に太客の仕事が回ってきた。太客とは個人信用情報にも何も問題がなく建売の希望額が五千万円以上の富裕層のことを僕たち仲介業者はそう呼んだ。

課長にミーティングルームに呼ばれ、物件情報が書かれた資料と客の本人確認書類などのコピーを渡された。

「もうお前も入社して一年が経って仕事内容もわかってきただろ。この案件任せるからお前が一人で取ってこい。取れるまで帰ってこなくていいからな」

課長は四十代後半の脂が乗り切ったビール腹にタバコを吸いすぎたからか黄ばんだ歯がチラチラと見えていつ見ても気持ち悪いと思った。

「あれ。課長。この人すでに一軒家に住んでいるんですね。引っ越しですかね」

僕は手元に散らばった顧客情報に目を落として言った。

「ああ、その人は別荘として次の物件を考えているみたいだな。だから場所も小田原。小田原で五千万超える物件を別荘にしようなんて金持ちの考えていることはわからんな。とにかく回しのゴミ物件を何個か見せて本命で感度上げればいいから」

課長は白髪混じりの髭をさすりながらじゃ頼むよとだけ言って部屋から出ていった。

嫌な予感がした。別荘は初めての一軒家に比べて客の熱量が低いから決まりづらい。しかも小田原の物件相場が二千から三千万で五千万の物件と言えばかなりハイグレードだ。きっと細かなオーダーが入ることは目に見えていた。なぜこのタイミングで僕に任せてきたのだろう。山本達彦。免許証の名前を呟いて客の顔写真をぼんやりと眺めた。

灯里はここ最近夜勤が増えて寝ることはおろかすれ違いで会うことも少なくなっていた。寂しさからか彼女のいない部屋で眠り、枕に残った彼女の匂いとシンクに残った水滴が彼女の存在を知らせ僕を充足させた。

たまたま休みが被っても二人でどこかへ行くということはなくなっていた。それほどまでにお互いが疲弊していた。

「灯里」出会った頃のように名前を呼んでもうんとか曖昧な返事をするだけでそこに感情はなかった。

名前なんて記号化された固有名詞に過ぎずそれは今も昔も変わらない。じゃあ何でいちいち固有名詞の反応なんて気にするのだろう。

僕は初めて固有名詞が感情を持つことによって二人の中で特別な表現に変わることを彼女に教えてもらった。

相手を深く知ることで記号は肥大化し心の中での面積が増えていく。煮込まれすぎたおでんのように甘味が外側へ漏れ出し耐久性を奪ってゆく。

感情を失った言葉は鋭利な刃物と化し、じわりじわりと僕を痛めつける。でもそれは一度熱を持った温かさを知っているから痛いと感じるのだ。感情を持って名前を呼ぶ意義が彼女を通じて理解できた。

灯里の家に帰ることで付き合った気になっていたのは僕だけだった。ただの独りよがりで灯里の気持ちを推し量ることを忘れていた。

仕事、環境、すれ違い。こうなった要因を挙げればキリがない。

掻きむしれば掻きむしるほど痒いところは増え、やがては出血して気づいた時には自分では手がつけられなくなる。

僕らは気づかないうちにそういった状態に追い込まれていた。遠距離が終われば全てうまくいくと思っていた。

ああ、残酷だ。世の中は残酷で狂気に満ちている。僕はうまく合わせてきたじゃないか。そもそもそれ自体が違ったのか。ちゃんと好意を持って灯里に合わせたのに。

たった一言でそれまでの恋愛とは関係のないはずのピースの全てが繋がっていたかのように僕を現実に引き戻す。

ぬるい時間は緊張と危機感を奪い、傷口を覆って隠していた。会わないうちにどんどん開いていく空間の穴はどんどん広がり、堰き止めていた感情というピンク色の甘い液体は、流れ出て気づかないうちに二人の貯水タンクから残量がなくなっていた。

もし、遠距離ではなく初めから一緒に住み、言葉のコミュニケーションを毎日し、愛情のメーターが目減りしないように工夫したらうまくいったのだろうか。遠距離によってどれだけの甘い液体が流れ出たのか。そんなどうしようもないことを考えずにはいられなかった。鬱陶しい。感情が。意義を失った彼女の名前が。空間が。

僕らは仕事の疲れからセックスも次第に回数が減り、泊まってもお互い触れることさえせずただ同じベッドで寝るだけという状態が数ヶ月続いた。

僕の方から触れようとしても灯里はそれを恐れて常に一歩引いて同じ部屋にいるのに一定の距離を保ち続けていた。まるで同じ空間の中で違うゲージに入っているような心地だった。

言わなきゃ。早く。いや、言うのか。言ったらもう灯里との関係が終わってしまう。

出会った頃のぬるくて湿った空気とは違った長く居座ったことによる冷めて乾燥し切った空気が心をピリつかせた。

空気は自分の身体だけでなく一室全体を冷やしていった。雨で濡れた衣類がどんどん身体に張り付いていくように。感情は生ものとはよく言ったものだ。

高校の時に宮の部屋で感じたあの感じ。今度は感情を知った上で、裏切られたもどかしさを感じた。

初めて全てを曝け出せるような相手に出会って自分自身も本当の自分を垣間見ていたのに。

またサイコロの目が振り出しに戻ったような気がした。その状況に耐え切れず別れの口火を切ったのは僕の方からだった。

「もう好きじゃないでしょ？　何となくわかるよ、そういうの。いつまでもこんな状態で付き合うのは良くないと思うけど」

僕は胸が押し潰されそうな苦しさを押し殺して言った。

「バレちゃったかー、すごいね。うん、もう好きじゃないの」

僕は彼女のあっさりとした告白を聞いて腹部からゆっくりと何かが突き上げてくるような痛みを感じた。

灯里は僕に申し訳なさそうに額に手を添えて苦笑するも、ガラス玉のように輝いた目は出会った頃そのものだった。上の階のカップルの喘ぎ声もしばらく聞こえなくなっていた。

僕は彼女の揺るぎのない曇りなき眼が彼女の本心であること。ただ受け入れるしかないことを理解した。

出会った頃からずっと変わらず自分を隠すことをせず思いのまま発言する。僕はそんな彼女だからこそ道化になることを忘れ、感情に触れ、手に負えないものであることを悟った。

彼女の美しい色素を奪っていたのは僕の怠惰だとわかり今すぐにでも大声で自分をせせら笑いたかった。

「気持ちはわかった。でも別れる前にキスしたい。まだやり残したことがある状態で別れたくない」

自分を表現する楽しさ、苦しさ、儚さそれら全ての感情を教えてくれた彼女にもう一度触れたいと思った。僕の心の行きどころは磁気を失ったコンパスの針のようにぐるぐると回り続けていた。

「え～好きでもないのにキスしなきゃいけないの」

自分が好きじゃないことに肯定できる状況になった灯里は解放感に満ちていて妙に強気な口調になった。

「ずっと我慢してたんだからさ、最後に灯里を感じたいのよ」

このまま忘れられるのがたまらなく嫌だった。もしもこのマーキングで灯里の心に余韻を残せるのであれば自分の存在意義を持つことができると思い、僕は気づけば哀愁を帯びた声で懇願していた。

「はあ。じゃあわかったよ一度だけだよ」

そう言って灯里は顔を一瞬曇らせて僕の顔に近づくこともしないでその場で目を瞑り唇を尖らせた。

灯里は親しい友人とキスをするかのようなふざけた笑みを浮かべていた。

彼女の僕を馬鹿にするかのように作ったタコのようなキスの顔が宮と重なり僕しか気づかない

宮と過ごした甘く脆い空気が虚しさを乗せて靡いた。

僕は今まで灯里に抱えてきた全ての感情を垂れ流すように灯里に口づけをした。一つも漏れ出さないように注意深く彼女の唇に重ねた。この先、僕を失うことで嘆き、憂いてほしかった。その為には灯里の小さくか細い身体の中に本物の自分を奥深くに流し込む必要があった。まるで子作りする為に膣内に精子を流し込むように。

灯里の顔が宮の顔に見えたのは、あの恋愛サイクル論を語っている時の宮を思い出し懐柔してやりたいと思ったからか。いや道化という言葉に踊らされている僕への示唆かもしれない。

五年も前に言われたたった一言が今もなお自分の奥底に潜んでいて時々顔を出しては僕を冷笑している気がした。

亡霊がいつまでも馬鹿にするなよ。そう思った時には灯里をベッドに押し倒していた。

僕の右手と灯里の背骨辺りが深くマットレスに沈み込み、ギイイと気の抜けた音が鳴った。

「もう灯里が僕のことを好きじゃないのはわかった。けどもうこの数ヶ月一緒に寝てもキスすらしてないじゃない。灯里に最後に触れて感じておきたい」

これから捨てられようとしている女にセックスを懇願している。懐柔したい。今の僕なら。感情を持った僕ならできる。

灯里は触れる。の意味を理解したと同時に恐怖と僕に対する憎悪を含んだ視線で睨みを利かせた。

「嫌だよ。だって私好きじゃないのにどうしてしなきゃいけないのよ。キスもしたんだからもう諦めてよ」

僕は彼女の真っ当すぎる正論に思わず上歯で下唇を噛んだ。それでも最後に服従した顔が見たかった。気持ち良さに顔を歪ませる灯里を見て好きになる感情がいかに陳腐で取るに足らないものであるかを証明してやりたかった。灯里に。いやその奥にいる宮に僕の擬態した人生は正しいと。

「そうだね、でもここでやらないとここまで我慢してきた僕の時間は何だったんだろうってなるし、最後に好きだったたっていう感触がほしい。ここまでずっと我慢してたんだよ、だから最後に一つ望みを聞いてほしい」

相手を同情させること。それは仕事でいつもやっている。これを売らないと家に帰れないことを小出しに相手に伝えていく。嫌味にならない程度に。本能を程良く抑えつつも相手に可哀想だと自発的に思わせる話し方を僕は覚えていた。

「わかったよ、それで終わりならそうしよう」

従順になった灯里のその一言に本能としての嬉しさともうこの関係が終わってしまうのだという心の寂しさの両方が僕の頭を駆け回った。

二人の身体がゆっくりと交わり上下に揺れ、感情が下方へと流れる。負けたんだな。僕が東京で探していたのは宮の黒いものじゃない。化学反応を起こすほどの自身の感情を追い求めてここまで来た。
う、う、うという咽《むせ》び泣く声が振動とともに僕の鼓膜を揺らした。灯里が涙を右手で拭ってい
た。
「ああ、何だろうね。何でだろうね。もう本当に好きじゃないや。好きじゃないことが悲しい。
私をこんなにも想ってくれて、でももう答えられないのが悲しい。私、悠にひどいことしてたん
だね本当にごめん」
灯里はとめどなく溢れ出る涙を右手で何度も擦り拭っていた。
いつも揺るぎない信念を持ち、決して人に弱みを見せることのなかった灯里。その灯里が涙を
流し僕に謝っている。本当にこれが僕の望んだことなのか。でも巻き込むしかなかったんだ。
僕は金沢での既視感がもたらす傍若無人な自分への怒りの放出先を腰を動かすことで置換しよ
うとした。でも怒りは興奮や快感を飲み込み、街にただ一人取り残されたような無力感と絶望を
与えるだけだった。
「ノルウェイの森」のワタナベと直子も幼馴染とセックスした時にこういう気持ちになったのだ
ろうか、当の本人も僕と同じような体験をしたのだろうか。なんて意味のない想像をして余計に
灯里を想う心が奥底に沈んだ。
柔らかくなったペニスを抜き取り、その場で胡座を掻いて脱力した。彼女と交わりたい気持ち

はどこかへ消失したみたいだ。

灯里は乳房を両手で隠し、隣で天井を見つめていた。

線のように、細くたおやかに揺れる灯里の身体をずっと一緒にいて見てきたはずなのにどこか寂しさを感じた。それは感情が取り払われ彼女の薄茶色の乳首や綺麗に処理された隠毛が〝ただそこにあるだけ〟だったからだ。

最後彼女は悲しみの表情を浮かべながらも口元は笑っていた。多分気を遣わせてしまったのだろう。

灯里の家から心が消失したような想いで帰り、よく一緒に行った近所のコンビニや、この本のパッケージが面白いから買って家で読もうと言っていた本屋、いつも通っていた気にもならなかった帰り道が今まで僕は色盲で本当はこんな色だったのかと訴えかけるように自分の目に眩しいくらい降り注いだ。

色盲から解放された僕の目はそれを脳に伝え、まるで樹形図で全て繋がっているかのように過去の思い出に色付けした。

こうやって出会いと別れを何度繰り返すだろうか、同じようなことを繰り返しているのに心と身体は痛いと感じるまでこの痛みを忘れていたかのように軋んで苦しんだ。

数年前に宮にひどいことをしてしまった罰が今頃になって回ってきたのかもしれない。

灯里と見た「ベートヴェン・フリーズ」の絵でいうと僕の人生のサイクルはどの辺りに差しかかっているのだろうか。おそらくは左に描かれている幸福への憧れだろう。

弱い人類が完全武装した強者に対して懇願する。強者は同情心は浮かべてくれていたが弱者を胸に秘めて奮起することはこの場合ないだろう。

弱者はしばらく苦悩に悶え続けなければならないのだから。宮の言った通り、人は常にサイクルをぐるぐる回っていてそこから抜け出すことはできないのかもしれないと思った。

それでも足掻き、苦しむことでその時点での自分を再認識して次に繋げる。少なくとも灯里のおかげで宮の中に潜んでいた黒いものが何なのかわかった気がした。僕に対するやるせない気持ち、好きな気持ち、怒り、憎悪それら負のエネルギーが集約されたもの。それは灯里には感じられなかった。いや実際にはあったのだろうが灯里は全てを思いのまま外に打ち出すことで溜め込んでいないから深淵を測ることができなかった。

僕はそんな彼女を犯すという行為で無理に負の感情を創り出そうとした。

宮と顔が重なったのはお互いの強い想いが相反してそれ自身を彼女の中の闇だと決めつけた僕の心の弱さが晒されたから。傲慢になっていたのかもしれない。合わせせられない部分は他人の闇だと思い込みたかっただけで本当は自分の弱さが彼女たちによって露呈され、苛立っていただけ。深い感情の闇に僕はゆっくりと沈み込んでいく。

ちあき

自責の念に駆られて打ちひしがれながら帰路を歩いていると、ラインの通知が鳴って携帯をポケットから取り出した。昔の女友達のちあきからだった。

ライン名をすーぱーちあきんぐまんという名前で登録していた為表示ですぐわかった。

久しぶりにおかしな表示がされたので通知を見て咄嗟に笑った。

なぜか片仮名にもせず、強そうな名前で登録しているから性格も強そうなのかと言われたら実際は真逆で真っすぐな感情しか表せない不器用な子だった。

大学二年生の頃、短期間で免許を取る為に二週間合宿免許に新潟まで行った。

カリキュラムの中に高速実習という二人一組で教官とともに高速道路を走行する研修があるのだがそこでペアになったのが彼女だった。

「高速ってえ百キロは出してもいいんよねえ」と福井弁特有のゆったりとした訛りのある話し方で僕に話しかけてきた。同じ北陸出身同士で親近感が湧き、休み時間は一緒に過ごした。僕の方が先に合宿に来ていた為ちあきよりも早く学科と実技が終わり帰ることになり、また北陸で会おうと連絡先だけ交換してそれきりだった。

彼女にどうしてすーぱーちあきんぐまんでライン登録しているのか一度聞いたことがあった。

え、かわいいじゃんこの名前。

ちあきはそこらへんにありふれた名前を人形に命名したかのように楽観して言った。

「なんかさ、ゲジゲジ出たの皿洗ってる時に」

歯切れの悪い文章が僕の許可なく画面に浮かび上がってくる。

なぜこのタイミングで僕なんだと、しかもゲジゲジって。他にゲジゲジ出た話できる友達いるやろと沸々と遅れて怒りがやってくる。別れてすぐにゲジゲジの話なんか聞きたくないと思いながらもこの唐突に話題を振ってくる言い方にどこか懐かしさを覚えた。

僕は「うん、汚いね」と定型分をただ読んだだけのような無味乾燥な返事をし、続きの話がせめて、オチがあって深刻な話であることに心の中で期待を込めて送った。

「んで私、本当に虫嫌いなんよ、彼も知ってるんよ。んでまず呼ぶやん？」

ちあきは僕が話を聞くことを自分の中で勝手に了承したのか続け様に話を進めた。嫌と言ったところでこれは電話じゃないから主導権はあっちにある。

「なんか、ワンルームやでさ。あいつ携帯触ってたんよ」

相手がどこにいるかわからないのに拳を振り回すボクサーのようにちあきの言葉は短絡的だっ

た。

相談するなら一気に全部長文で送ってきてほしい。なぜそんな微妙な区切り方をするのかとテンポの遅いラインの会話に鬱陶しさを感じながらも僕は彼女の話の続きを促すしかなかった。

「うん、それで？」

「そしたら、洗剤かけなよって寝ながらゆーて全くこんのよ」

語尾を伸ばす福井弁の訛りがところてんを食べたみたいにつるりと鼓膜を滑り落ちる。

「なるほどね」

「え、んで水かけても動くから本当に怖くて、それで彼氏に洗剤かけなって言われたんかな？　その頃には近くおらんよーなったからさ。怖いやん？　見つけなさ。んでもー死んだって言われて、でもこの目でみな。どっかいったら心の準備あるし、排水溝？　ゴミ溜まるところって言えばいいんかな」

洗剤かけなってさっき文で打ってきたのにまた彼氏の意見を繰り返すように続けるちあき。お前のラインは一回送ったらすぐに履歴が消えるんか。僕は助手席でいきなり急ブレーキを踏まれるような唐突な苛立ちを覚えた。

訛りに加えて拙すぎるちあきの文が更に苛立ちを加速させた。

それでもここまで内容を聞いてしまった僕にも責任はあると思ったので「うん、わかるよ」と平静を装い、話の先を促した。仕事の聞き上手が自分の感情をすり替えてオートモードで発動。

「そこにいるんなら一安心するやん？　でもそんなもー死んでるしみたいな全くこっちにこんのよ！　後から見るからみたいな？　あたしはもーイライラしてさ、そこまで協力的やないんやね？　ってなってあんたがそんな奴やとは思わんかったゆーてさ協力してほしいやん」

捲《まく》し立てるようにどんどん出てくる文からちあきの怒りが前面に押し出ているのを感じた。

気づいたら僕はちあきの射程圏内に入っていて彼女の溢れ出る感情を受けていた。原子力発電所の微細な粒子が肌に吸い込まれるかのように。

「めっちゃ冷たいなそれは彼氏悪い」

僕はまた人に合わせてしまっている。人に合わせる感情を持ち合わせることは普通なのだろうか。合わせて砕けてそれでもまた合わせて。この社会を生きる為に生まれた時から刻印されたように染みついて取れない。

方言が字面になるとこうも読みにくいものかと文字を打ちながら彼女の訛り混じりの文を読むことに疲れたので一旦帰宅に向けた足を止めた。

目線の先にドラッグストアの電光が右手に見えた。

大きな蛾が勢いよく緑色の光に向かって何度も体当たりしていた。そんなにもがいて何がしたいのかと思ったが蛾に知性なんてないだろうしただ光源に本能が働いているだけだ。

僕は駐車場のブロック塀に腰を落としてちあきの返信を待った。通知音が寒空に響く。

「そんで、自分勝手やなみたいに言われてこれから、うまくいくんかなって思うよ。しんどいのわかるよ、でもこっちは怖いんよ」

些細なことでもここまで感情を出すことができる二人の関係性を羨ましく思った。

「あたしが折れるのも大事やけどどれもこれも我慢してたらこれから一緒にいても絶対無理」

そう、ちあきの言うとおり、どっちかは演じないと関係性は成り立たない。でも感情が入ると演じることを忘れて傲慢さが吐き出される。

灯里は自分が何者であるかわからない僕を純粋無垢な瞳で外の世界に引っ張り出してくれた。もっと自由でいていいんだとその存在が足らしめた。

骸から身のある自分がようやくこの世界に降り立ったと喜ぶべきだろう。自我を表面に初めて出すことのできた人間を失うことの代償は大きく、コントロールを失った自分の欲望に今度は恐怖しなければならない。

打ち付けるタイピング音の先に笑い声が聞こえ、通りすがりのカップルに笑われたと認識するまでに僕は僅かな時間を要した。

以前、不動産会社の同僚である遼平は「今の仕事や日常に満足していないことはクリエイティブな人の発想で俺らは凡人ではないんだよ」と飲みながら直属の上司の愚痴を溢した。

何の気なしに酔って自分の気が大きくなって言った言葉だろうが何も爪痕を残せず会社に違和感を感じ続けていた僕を慰めるには十分すぎる言葉のように思えた。

「俺、音楽を本気でやりたい」そう言って僕より数ヶ月早く遼平はこの会社を辞めていった。

遼平の直属の課長や周りの上司たちはそんなの建前だとか、現実から逃げているとか辞めた人を面白おかしく揶揄したらしい。これは別の同期から聞いた。

営業部の上司を見ていると吐き気がした。

営業している人の性《さが》で人のゴシップネタを食い物に普段のストレス発散の一部として、より仲間意識を高める手段のようにしか思えなかった。

デジタル機器やインフラが普及して世の中が便利になった今も昔も会社という場所の本質は変わらない。

自分を取り繕い、上司にへこへこ頭を下げてごまをすっているような奴。

自分のやっていることがお客様の為になっていると信じて疑わない奴。悪いことだとわかっていながらも金の為生活の為に見て見ぬふりをする奴。ただ何の気なしに働いてる奴。

この会社にいては腐っていく気がした。心がどんどん汚れていく。まるで意図しないまま排気汚染で汚れていく川のように。

僕は課長にすんなり辞表を出した。誰も引き止める人間はいなかった。でもそんなものだろうと納得というか会社にとって働き手なんて誰でもいいのだと改めて思った。小田原の別荘案件もどうせすぐに別の人間に充てがわれるだろう。

就職活動なんて正にそうで、確かに学歴によって仕事の効率性の優劣はあるかもしれない。しかしどうだろう、今の就職活動でまともに「人間」として見られて働いてる人がどれだけいるのだろうか。

皆、心にもないことを言ったり面接官に気に入られようとして必死に道化と成り下がっているだけで、ただの嘘つき大会だった。

そんな大会で決めた働き要員なんてすぐに補充できる。

不動産会社を辞めた僕は次の職を求めて大手証券会社を受けたのだが、最終面接の一週間前に肘を骨折した。

買い物の帰り道に風を感じたくなりロードバイクのギアを一番上まで回してぐんぐん風景が遠ざかる。

一瞬の刹那に持っていたトートバッグが前輪に挟まりその勢いで一回転して右腕から地面に叩きつけられた。痛みではなくあまりに突発的な出来事でしばらく仰向けになったまま動けなかった。

右腕から大量の血が止めどなく流れた。

頭を打たなかったのが不幸中の幸いだった。

面接にはギプスをして臨むような形になり、もうこの会社に長く従属しているという面持ちの白髪混じりのおじさん二人の面接担当がもたれかかるようにパイプ椅子に座っていた。僕の為に、ではなくただ単なる業務の一環として道化と化していた「人間」らしきものにしか見えなかった。スーツが飼い慣らされた軍服のように見えた。

僕の包帯が巻かれた右腕を見て大丈夫かと一応、人としての言葉をそいつらは発した。

面接が進むにつれ、僕の皮は剥がれつつあった。というよりは生と死の間を経験したことによってあの血とともに僕の中から「貞操」や「倫理」などの自分を人らしきものとして堰き止めていた要素が流れ出た気がした。

「君は履歴書にどんなことでもポジティブに、と書いてあるけれどもその怪我はどうポジティブに考えているのかな?」

期待したのだろう。こいつはどこまで道化になって会社に従属できるのかと。

一次、二次面接はありきたりなそこらへんの書店に売っている面接対策本に書かれているような言葉を並べて、自己紹介の時だけ自分はイチローや本田圭佑のような努力を楽しめるような人間ですと、だから御社のような大手で多少仕事内容がきついところでも耐えられますよと遠回しに嘘のエッセンスを加えて話すと面接官たちは神妙に頷き、ぜひ次の選考にといった感じで通った。

何だ、こんなものかと少し自分が道化に失敗して落ちてしまうことを期待していたので、転職活動を早く終わらせてしまいたいという欲求と道化に成功してしまった世の中のもどかしさが交わった。面接が終わった度にため息を吐いて現実世界に戻る作業が必要だった。

ここでもし受かったとしてもまた今までみたいに演じて、偽りの世界に失望して、更にそう成り下がってしまった自分にも失望するに違いない。

僕は過去に何度も自分をひたむきに隠し、歌舞伎役者が隈取を塗るように自分の顔を厚くコーティングし対処できない人間が現れる度にそれをどんどん塗り重ねて生きてきた。

でも塗っても塗っても灯里の心を留めることはできなかったし塗りすぎたおかげで自分の隠し場所すらわからなくなってしまった。ならべっとりとこびり付いてしまった古い角質を一度全て洗い流して後は本能に委ねようと思った。

すうと息を吸った。もう疲れた。一度死んで何もかも失ったのだから着飾らないことで良心の呵責に苛まれる必要もないのだ。

「僕には小学四年生の妹がいるんですけど、今まで忙しくて一回も運動会に行ってあげられなかったんですよ。というのは建前で本当は行く口実がほしかっただけなのかもしれませんけど。

でも、今回骨折したおかげで、行ってあげられる口実ができたので結果的には良かったと思います」

道化を捨てた瞬間がはっきりと手のひらの汗の量で感じ取られた。心の中で面接官を嘲笑った。面接での緊張の汗とは明らかに異なる、積み上げた偽りの自分が壊れたことに対する喜びによるものだと。

面接官は不可思議な面持ちのまま僕の履歴書をしばらく凝視していた。予想と違った回答に苛立っているようにも見えた。

「うーんそうですか、わかりました。では面接はこれにて終了いたします」

鮮やかなコバルトブルーのスーツを着た道化人は短く言葉を吐き、面接を終えた。

面接の数週間後にメールにて「この度はご期待に添えられず申し訳ございません。草壁様の更なる発展を祈っております」

と書かれており、その他の文は目に入ってこなかった。

僕はその結果に満足し、別の企業説明会の帰り道に東京駅丸の内口の駅舎を見ながら狂喜した。骨折していない右手を大きく開いて軋む痛みに耐え、真冬の夜に吹く清々しくて身体の芯まで凍るような風になぜかすごく親近感が湧いた。

初めて自分が〝人間〟になれた気がした。

クリムトみたいに型にハマらず自分の思うままに描けたらどんなに幸せか。演じたくもないのになぜか順応しようと演じてしまう。

それが日本人の性なのかもしれないし、あるいは日本の社会の性なのかもしれない。

それに一時だけでも抗えたような気持ち、これは大事に持っておこう。

灯里の家での冷たい空気。その中で微かに灯った自分の本当の感情。今も確かに心のどこかで燃え続けていた。


元旦に実家に帰省すると毎年恒例で親戚一同顔合わせがあるのだが、僕は毎年祖父の隣に座らされ、お酒を飲まされた。

祖父は今年七十五歳でいつも白髪をポマードで七三に分け、襟付きのシャツにカシミアニットを合わせているような品のいい人だ。

「信頼できるのは血の繋がりだけだ」

祖父が酔っ払ってくると必ずこの台詞を豪語して吐くことがお決まりになっていた。

小綺麗な装いで核心をつくことを言うので食卓はいつも賑やかで笑いに包まれていた。

祖父はまだ物心がつく前の歳に父親を交通事故で亡くし、母親は男を作って家を出てしまい代わりに叔母が親代わりとして育ててくれたそうだ。

運動会や誕生日などの行事を一度も親と過ごしたことがないので自分が結婚したら絶対にそういった集まりは大事にすると決めていたそうで家族行事に対する執着心は目を見張るものがあった。

実際に親戚の誰かがその月に誕生日があると必ず祝って皆でケーキを食べた。

そういう境遇で生まれ育ったからこそ〝家族愛〟に飢えているように感じた。

僕は生まれてから一度も寂しさを感じる瞬間がなかった。常に誰かが自分の側にいてくれ家族としての温もりを感じさせてくれた。

今から思えば家族に対して自分が道化になることはなかった。当たり前のことすぎて気に留めたこともなかったが歳を重ね多くの人と会うことによって血という単語が地層のように重みを増した。

「悠、お前彼女がいるんだって。彼女は何人も作らないとダメだぞ」ウィスキーグラスを片手に頬を赤らめながら祖父は言った。

普通なら冗談めいて笑いながら言うことを酔っているからか真顔で言っている。いやこの人は酔っていなくても言うだろう。

「ああ、今はいないんだ。もう別れちゃってね。とてもじゃないけれどそんな気分にはなれないね」

いつもなら笑いながら聞き流せるのに灯里と別れた後で非常識なことを言われると自分の恋愛がお遊びだったと軽んじられているような気がして語尾が強くなった。それでも腹が立つということを新鮮に感じてもいた。他人にそんなことを言われても僕は笑ってどこかに洗い流していただろう。血液が逆流し、頭のてっぺんまで一気に送り届ける。それは目に見えない信頼による怒りだと思った。でもそうじゃない。今まで塞ぎ込んでたフィルターが解放されたことに脳と身体が制御できなくなっているのだ。

僕は近くにあった缶ビールをグラスに注いで一気に飲み干した。怒りを体内へ一気に戻す。

「俺は昔な、たくさんの女と同時に付き合ってな、今のカミさんにバレて家中の服をハサミで切り刻まれたことがあるんだよ」とそう嬉しそうにも見える表情で話す祖父に多少の不快感を感じながらも僕は興奮していた。

「今まで色んな女と遊んできたけどずっと一緒にいてくれたもんなあ。でもなそれが答えだよ。血の繋がりがない人間同士が付き合うわけだろ。それを繋ぎ止めるものは何か。そんなもん愛の大きさだろ」少し離れた席に座っていた祖母に目配せしながら言った。

「何を自分の言い分がごもっともみたいな言い方をしてるのよ。ただの女好きなだけでしょ」祖母の的確なツッコミにまた親戚一同がどっと沸いた。

すき焼きの鍋は沸騰して湯気が円卓の中心に立ち込めていた。白菜やにんじんその他の野菜がタレと絡み、仄かな甘味が鼻先を満たした。

僕はその立ち込める湯気をぼんやり見ながら、祖父母の結婚生活はどれだけ荒涼としていて掛け合った時に生まれる感情は何だろうと考えを巡らせた。

「まだ今のカミさんと結婚する前にな、偶然家の近所を男と歩いているところを見かけて俺はすぐに走らせてた車を停めてそいつのところに走っていって相手がこっちに気づいた時には相手のことを殴ってたよ」

祖父は得意げな笑みを浮かべて小皿に取り分けられたローストチキンを手に取り齧った。

弱い人間を徹底的にいたぶるような顔つきだ。

中学の時に何人か僕にそういう目を向けた奴がいたな。自分が正しいと信じて疑わない見下した眼。

今のご時世だとすぐ刑務所行きだろうとつくづく昔は酔狂な時代だと思った。

「それで、浮気してたの？　おばあちゃんは」

僕は話の続きが気になってすっかりお酒を飲むことを忘れていた。

母や妹は親戚たちと学校の行事の話で夢中で、こちらのことなど気にも止めていない様子だった。

祖父は鋭い目で僕を捉えた。

「それが相手の顔をよく見るとただのご近所さんだった。ばったり会って世間話をしてたらしい。はははっ。あっちは血まみれだから認識するのに時間がかかったけどな」

僕は苦笑するほかなかった。先ほどの興奮や苛立ちといった感情は息を潜め代わりに多少何やら期待した好奇な気持ちに対する失望が浮かんだ。

「この人の頭のおかしさったらほんとに手がつけられないのよ。もうどれだけその人に頭を下げたかわからないわよー」

台所で皿洗いをしていた祖母は困った顔をしつつ、どこか内心では嬉々とした表情で会話に口を挟んだ。

愛に飢えていたが為に幼少期から溜まりに溜まった飢えを埋めるにはたくさんの女性を抱くことが祖父なりの寂しさを埋める方法だったのかもしれない。どこかにある答えを貪るように。その感覚は何となくわかる気がした。

何人も付き合い、別れて仮の自分を引き剥がしてくれる人を求めていた自分と重なるところがあったから。

この狂気を含んだ楽しい正月の光景に毎年帰ってきた懐かしさを感じるとともに十年前まで重鎮のように円卓から一歩引いて座っていた大祖母が死んで霞となった。僕が感じたい時に現れ、その瞬間だけ喧騒から離れた。

学校で薄ら笑いをすることに疲れた時、部活動で周りから虐げられた時にふと昔大祖母の家に遊びに行ったことで張り詰めている日常が解ける瞬間があった。

そのおかげで何とか三年間部活動を続けることができた。

大祖母は僕が中学二年生の時に亡くなった。

九十歳で亡くなったので周りから見ればよく生きた方だと言われるかもしれないが、亡くなるという行為自体が実態を掴めないものなので長く生きたかどうかというのは比例しないと思っている。

大祖母が亡くなってからの部活動は精神的にも辛くて何度も辞めようと思ったがここで辞めてしまうと大祖母が僕にかけてくれた温情が無駄になってしまう気がして堪えた。

大祖母は生前に毎日欠かさずお経を唱えていた。

一日も欠かさず御先祖様にご挨拶していて、子供ながらに毎日何でご挨拶するのか気になった。たまに元気な姿を見せたらそれでいいと思ったから。

御先祖様も毎日見ているとは限らないのに。

「おばあちゃん、またお祈りしてるの？　そんなお祈りすることあるのー？」幼い僕がいつも疑問に思って大祖母に尋ねると決まって、

「悠ちゃんはお利口さんね、そんなことに関心があるなんてお利口さんね。おばあちゃんね、み

んなの健康をお祈りしてるのよ。

ほら、今日の分はもう終わったけど明日の分は明日しなきゃいけないでしょう？　お祈りは何回も貯められないのよね。そんなズルしちゃうと神様怒っちゃうからね」

皺だらけの顔が笑うと更に皺が広がって顔が折り紙のように畳まれた。

老人と一言で言えばそうだが、当時の僕はなぜかその笑顔が心地良かった。

お経をたくさん唱えた人によって天国の御先祖様の天界での位が決まると大祖母がよく言っていたのをふと思い出しネットで検索したことがあった。

でも明確な答えは記載されておらず真意はわからないが、今も大祖母の役目を祖母が引き継いで今日もお経を唱えていると思うと大祖母は天国でも安泰だと根拠のないことに自信を持って胸に秘めることができた。

月に一度、法座と言われる日蓮宗の会員だけで行われる集会がありそこでは皆が共通のお題目を唱え、終わったら和菓子を食べながら日頃の私生活で困っていることを話し合う人生相談会が開かれた。

法座は日蓮宗の決まり事というわけではなく参加者が集まれば誰かの会員の自宅で行うものだった。大祖母の人柄からそれは北から南までの日蓮宗会員が集まってきていたそうだ。

皆が二十畳ほどの和室でお題目を唱え、仏様の功徳と智慧をいただいた後は大祖母に日頃から困っていることを相談し、解決に導いてくれると評判になっていたそうだ。

特に効能があると言われていたことは大祖母が九字を切ると足腰が痛んでいたのが治ったり、災難が続いていた人が九字を切ってもらうとそこで悪いことがぴたりと止んだそうだ。

九字とは、元々の発祥は真言宗でそれぞれ決められた印を結んだ後に刀印を結んで、横、縦の順に四縦五横直線を空中に画して災難を断ち切る方法で元々は道教から入ってきたものらしい。後に忍者が結ぶ印の基になったそうだ。

僕は九字を切っている大祖母を一度だけ見たことがあった。その時は何をしているのかわからなかったが人の話に親身になって頷き、最後には葉脈のように広がった大祖母の皺が中央に寄り、目を瞑ったまま皺だらけの手を四方八方に手を振って最後の十字祓いで念じるように指先を震わせていた。

大祖母は滝修行をしたり一ヶ月間自分の大好きな米を断っていたりと、自分の感覚を研ぎ澄ますことによって霊やその人が抱えている邪気が見えるようになると周囲に話していたそうだ。

大祖母はおそらく刀身のない刀で霊を刺激する危険性をわかっており中途半端な覚悟で他人の相談を受けたくなかったのだろう。

毎年家族総出でお盆にお墓参りに行くという行事ごとがあり、生きている間は大祖母も母の車でついてきてくれた。

僕は大祖母が車の後部座席にいるだけで気分が高揚した。

ある程度お墓の近くまでいくと車を近くに停め、徒歩で人一人分が通れる畦道を通り田圃の中央に立つ墓へと続く。なぜこんな田圃に囲まれた場所にポツンと墓が立っているのかわからないような場所にあった。

夏の強い日差しが容赦なく降り注ぎ、逃げるかのように幼い僕は両脇の用水路に手を入れた。おたまじゃくしが手の隙間を縫うように泳いでいる。水の冷たさが生の実感を与えた。僕が暑さにだれているのを見て大祖母は表情を柔らげ、笑った。

母が子供の頃に飼っていた犬の墓も先祖の墓の近くにあった。

犬用の墓石は人間用の墓と比べると極めて小さい為、ちょうど人間用の墓石が直射日光を遮り、雨が降った水分が土に染み込んだせいか犬の墓石周りには苔が乱雑に蔓延《はびこ》っていた。

見ただけでは河原に落ちている石と見間違うほど墓は質素に佇んでいた。

大祖母は近くに流れている用水路からペットボトル一杯に水を汲み、犬用の墓石に上から石の隅々まで水分が行き渡るように満遍なくかけた。墓石のつるりとした表面は水をそのまま下へ無抵抗に滴らせ、土を湿らせた。

「偉いねえ、去年と同じところに座って待っててくれたのね。暑かったでしょう。これで少し涼しくなったかな？　よしよしマルちゃんはいい子ね」

そう言って反応もない墓石に向かってひとしきり話しかけた後に墓石でなく手前の虚空を皺だらけの手で優しく撫で、まるで観音様のような全てを包み込むような表情を湛えていた。

「おばあちゃんはどうして何もないところを触ってるの」

素朴で子供の僕には大祖母のやっていることが奇怪に思え、何をしているかわからず表情を欠いた顔で質問した。

「ここにいるのよ。ほら、今も尻尾を振ってるわ。本当に元気な子ね。毎年ね、お盆になると私たちが来るのを待ってるのよ」

僕はどこか知らない世界のお伽噺を聞かされているようで気持ちがふわふわしていた。

大祖母は手を僕の額に添えるように置いて、

「お経を読むと、こうスーッと念仏が身体の中に入り込んできて強い言霊となって煩悩や邪気を払ってくれるのよ」と言うので特別な力が流れ込んできたような力強さが湧き上がった気になった。

無色透明なあの瞬間の囁きが僕の記憶の中で色付けされる。

大祖父はおちゃらけた性格で子供の僕にもちょっかいをかけてきては僕の表情を楽しんでいた。そのくせ、僕が怒って叩いたりすると大祖父もムキになって叩き返してくるような人だったので精神年齢では当時五歳足らずの僕とさほど変わらないような純粋でいて自分に真っすぐな人だった。

そんな性格をうまく大祖母の優しさが包み込んでいたので二人はうまくバランスが取れていた風に見えた。死ぬ時は二人で手を繋いで逝こうなんて話をしていたこともあった。

独身で溢れ返っている今の現代にはそぐわないような理想のおしどり夫婦。

僕はしっかり過去に二人の歩みをこの眼に焼き付けていた。目の奥底にバーコードのように印字された風景が、造作物が、彼らの家がそこはかとなく映写された。

大祖父が先に亡くなってからの大祖母のどこか朧げな瞳はもうすでにこの世を見てはいなかった。自分のこの世の役割をすでに終え召されるのをただ待っているような古びた時計のようだった。

実際にその一年後に大祖母は自然死した。

「死」という事象が幾重にも折り重なった二人の軌跡の終着駅ということを認識させ、自身の現在に重ね比べた。

愛情という感情を子供の頃から知っていたはずなのにどうして知らないと認識したのだろうか。磨りガラスのように曇った心が体験を経ることで過去の事象と結びつけ、少しずつ垣間見える。

三ヶ月ほど流浪人のように転職活動をだらだら続けて流石に貯金も底をついたのでとりあえず

働こうと思って決めたのが、ブランド品などを取り扱う買取専門店だった。

不動産時代は毎日終電間際まで残業をして手取りで二十五万円ほどしかもらえず労働が激務な割には不満を抱いていたが、〝年収一千万稼げます!!〟という求人情報を見て金に目が眩み応募を決めた。

僕と時期を同じくして中途入社した人たちが九人ほどいたが、数ヶ月で三人にまで減った。

同期の中でも、特に僕が連絡を取り合っていたのが小嶋さんという小太りで黒縁で極太のセルフレームを掛けている今年で三十歳の男性だった。

キャラ立ちしすぎるフレームに昔韓国で流行ったような角刈りの髪型をしていたので周りからは係長と呼ばれていた。

僕の配属された店舗は千葉の中でも田圃や劣化した瓦屋根が立ち並ぶ閑散とした場所で、たまに近所の老人が暇潰しに話しに来る程度でとても純金やハイブランドな革製品を持ってくるような人はいなかった。

売り上げの数パーセントが自分のインセンティブになる仕組みで渋谷や新宿などの母数がそもそも多い場所に配属されるとその分チャンスも増える。大箱の店舗に行くには実績を積むしかない。

入社式の日は強面でスリーピースジャケットをピッタリと着こなし、いかにも体育会系な営業部長の鹿島という男が新入社員の担当だった。

「お前ら、後でロープレやるけど使えないと思った奴は一生ビラ配りに回ってもらうからな」

鹿島は僕ら同期九人を蔑むように一人ずつ順番に見ていた。

やっぱりか。心の中でそう呟き、嫌な予感が当たりこの先の業務に早くも暗雲が立ち込めていた。

書類の手続きが終わり、ロープレの手順が書かれたマニュアルが配られ、「お前ら、一時間でこれ覚えて練習しとけ。俺が戻った頃には完璧に頭に叩き込んでおけよ」そう吐き捨てるようにして六法全書のような分厚いマニュアルを置いて部屋から出て行った。

僕たち新入社員九人全員がドアの方向を見つめ、茫然と静かに絶望の色を浮かべた。

どうする、え、やばいよこれは。超厚いじゃんマニュアル。こんなの覚えらんないよ。

にじり寄る不安と焦りの色がこの部屋を充満させ、込み上げるような吐き気が襲うも全員が従属するしかなかった。

目でとりあえず文字を追い、羅列順に覚えようと視覚と脳を裁断なく繋げようとした。こんな付け焼き刃の記憶に何の意味があるのかわからず、磔《はりつけ》にされている囚人が何か弁論の言葉を探しているような感覚に陥った。他の数人の顔を見てもおそらく同じような気持ちだろう。

きっかり一時間経って鹿島が横柄な足取りで戻ってきて、地獄のロープレの時間が始まった。

ロープレは前にいた会社でもやっていたがこんなに緊張の張り詰めたロープレは初めての経験だった。

そもそもロープレなんていうのは本番でしっかりできるようになる為のツールでたくさん間違えて失敗を糧にすることが目的であるはずだ。と僕は心で不平を唱えたがやるしかない。

「お前、何やったかわかってんのか？　ああ？　何やったか言ってみろよ」どこの部屋からはわからないがとてつもない剣幕で男が怒鳴り散らしているのが聞こえ、自分が怒られているように錯覚し、この後のロープレに更なる重圧を与えた。

ああ、あれ盗みやったな。と鹿島は苦虫を噛み潰したような表情を湛えてロープレの順番を指名した。

まず最初にロープレに指名されたのは特徴的な多角形の眼鏡をかけて、左手には結婚指輪を輝かせている篠山さんという三十前半の男性からだ。

入社理由を尋ねると金銭面で苦労しているらしくここで奮起しないと奥さんに逃げられそうな雰囲気とのことでとにかく金を稼ぐことで必死だと危機迫った顔で話していた。

ただその決心とは裏腹にどこか自信が無さそうで顔が板に付いていないという印象だ。

鹿島の合図とともに篠山さんの背筋が凍るように伸びた。

「すいません、この時計を売りたいんですけどこれいくらになりますか？」指導担当の鹿島が高圧的な態度を醸し、鋭い口調で言った。

キャラ設定を作り込んでいるのか自然体でこれなのかよくわからない。

「ええと、十万くらいですかね？」

喉からやっとのことで出したような締まりのない声が無音の空間にじんわりと響いて消えた。

「はあ？　何だよ、〝くらい〟って。いい加減に査定してんじゃねえよ」

鹿島の眉尻が苛立ちで吊り上がった。

「裏でしっかり査定しますので少々お待ちください」

慌てふためいた篠山さんの眼球がピンボール球のようにぐらぐらと揺れ今にも飛び出してきそうだった。

篠山さんの死に物狂いで考えた逃げの一言だった。でも残念。このやり方は違う。僕は心の中で静かに呟いた。

マニュアルにはあてといって商品に触る前にだいたいの相場を言って相手の反応を見て、触って傷があるかどうかをお客様の目の前で確認すると記載されていた。それをしないと裏で傷をつけたとかいちゃもんをつけられる可能性があるからだろう。

「お前ちげえだろ。ちゃんとマニュアル読んだ？　ああ？」予想通り鹿島の怒号が飛んだ。汚い唾が宙を舞った。

その声とともに僕を含めたほとんどが目線を下に逸らした。

間違いを指摘されるとわかってはいたけれど、大きな怒り声に心が萎縮して、ドミノが倒れたように負の感情が勢いよくなだれ込んできた。

これでは上達するものもしない。このロープレを通して何人かは確実に辞めるなと思った。

そんなことだからお前らは悟り世代と言われるんだよとどこからともなく心に問いかけられた気がしたが、自分を一番に守って何が悪いと怒号を飛ばし続ける鹿島の歪んだ顔を見ながら心で反発した。もう以前のように不必要に仮面を被ることはしない。

「はあ……」一瞬の間をついた炭酸の抜けたような気の緩んだ声が鹿島に向かって力なく吐き出された。

僕と周りの新入社員たちは目を見合わせて驚いた。

僕らは一瞬気の抜けた言葉を誰が発したのかわからなかったが締まりのない表情を篠山さんが浮かべていたので彼だと認識した。

「何、お前のその態度。間違えてすみませんでしただろ？　そんな簡単に年収一千万稼げると思った？　だったらお前帰っていいよ」

僕は鹿島がすいませんからすみませんに切り替えたことで入りはわざとフランクな様相を呈していたことにどこかいじらしさを覚えた。

「はあ、いや、やる気あります」

篠山さんは首を斜め四十五度に曲げ、明らかに鹿島に対する挑発的な態度を取っているとしか思えなかった。

篠山さんの話し方や風貌から威圧的なことをするように思えなかったので突発的な仕草に面白くて思わず笑いを堪えた。

中学生の時に言葉で表現する方法を知らず、服装を着崩して自分を表現しようとしている、まるであの時の僕を見ているみたいだと思った。彼は彼なりにシステム化された仕事の中で承認欲求が否定されたことによる反抗心として出てしまったのかもしれない。感情の暴発。形は違えど過去に何度も見てきた。

「もういいよ、お前。後日やり直し。それでダメならビラ配ってもらうから」

鹿島は呆れた口調で手で虫を払うような仕草をし、次のロープレを促した。

僕と小嶋さんは、あてを低く見積もって言いすぎてしまい「高級時計が一万円はやりすぎだよお前ら」と苦笑いされたものの鹿島は気に入った様子だった。

お前たちはぶっ飛んでいるだの度胸があるだの言われ、無事に僕はロープレ研修を通過した。

残りの七人はというとこのままの状態では店頭には出せないと鹿島に烙印を押され、再度、後日に改めてロープレをすることになったので烙印を押された七人の心持ち的には地獄であろう。

結果はどうあれ重圧に押し潰されそうな空間を脱したことで全員が解放感に溢れながら九人一塊になって帰っていた。ただ僕と小嶋さんは合格組であった為どうしても負の感情を象《かたど》ることができず凍てつく寒さに身の置きどころを任せていた。

烙印を押された七人のうちの一人が口の中に無理矢理押し込まれていた重い空気を少しずつ吐き出すように言った。

「俺、もう辞めようかな。だってここおかしいよ。初日からこんな俺たちをゴミのようにしか扱わない会社なんてろくなもんじゃない」今年二十九歳になる石川さんが悲劇のヒロインの渦中にいる自分を想像したのかと思うくらい悲痛な声で言った。

僕は相槌を打つことしかできなかった。

一人同期が減ってしまうのは寂しい気持ちもするが、この会社にこれから居座ることの大変さを初日で思い知ってしまったからとても辞めないで一緒に頑張ろうなんて言えなかった。

一人が自分の思いを曝け出すことによってそれは波のように伝染し、時間差で皆同じ不満を言い始めた。魂を抜き取られたかのように複数の吐き出した息は水滴となって自分たちの目の前を曇らせた。

ただ一人小嶋さんだけが、

「俺の先輩がここで働いているんだけどさ、入社から一週間はかなり厳しくしてるらしいよ。理由はタフな精神力がないとうちの営業が務まらないからだってさ。だから、この、一週間乗り切れるかが今後続けられるか鍵だよな。俺はお金さえ稼げればそれでいいから頑張ろうかな」とみんなの顔を見ながら言った。励ましの言葉で言ったのか自分の今後の意思表明をただただ伝えたかっただけなのかわからない小嶋さんの言葉が歩道橋の階段からアスファルトの地面に僕らと一緒に降りてそこから跳ね返ることはなかった。

僕らの心とは関係なしに本社近くの横浜駅はド派手な蒸気機関車のライトアップが彩られていた。そう言えばもうすぐクリスマスだった。去年は灯里といたな。思い出そうとしてすぐにやめた。

同期と駅のホームで解散し、手持ち無沙汰になってスマホを確認した。一件ラインの新着メッセージが届いていた。開けるとちあきからだった。

「ちょっと話したい！　デンワモトム」

僕はちあきの稚拙でいて電話を連想させる言葉を二回も使うなよと仕事終わりのフラストレーションも手伝ってイラついた。

ちあきがどういう話をするかだいたい経験則から予想できたので、苛立ちを込めるようにスマホの画面を指で押し込むように、後でかけるとだけ送って電車に揺られながら最寄駅に着いた。

「聞いて、彼氏と別れたんよ、んでもな？　一応形だけというか一旦距離を置いてまた戻れるかなって。それはいいんだけど寂しいやんか？　もうどうしたらええんよって感じ今」

予想していた通りの話をされ、まあ、きついよな。でも頑張るしかないと言って曖昧な表現で濁した。

「悠は彼女とどないしたん、仲良かったよな？」

ちあきは何の前触れもなく傷口に触れた。

「別れたよ。ちなみにちあきがゲジゲジの件で連絡してきた時、ちょうど別れの帰り道だった」

クリスマス前に空気読めよなと、苛立ち、皮肉めいた口調で、スマホに耳を添わせながら言った。

「えええー。それならそうとあの時言ってやー。私めっちゃ自分の話してしまったやん。しかも彼氏の話を。うわ、最悪やん、私」

ちあきは驚き、申し訳なさそうな声色で言った。お前はいつもそうだろうが。

「なんか夢中にちあきが話をするからさ、自分の話をするタイミングわからなくて。少しイラッとしたけど今から思うとあのゲジゲジの話がなかったらもっと荒んだ気持ちで帰ってたと思う。だからありがとう」

これについては本心だった。あの時くだらないと思わなければ灯里のことで塞ぎ込んでしまっていただろう。

「まじごめん。でもどないしたん、あんなに仲良さそうだったんに」

いつもなら放っておいてほしいって思ったが、初日のロープレの疲弊もあり今日は誰でもいいから話を聞いてほしかった。

僕は灯里との時系列をちあきに丁寧に話した。話すうちに記憶と感情が結びついて感情が高ぶってくる。

「彼女が興味のある素振り見せなくて。ほら例えばセックスとかそうじゃん？　したくない相手には露骨に態度に出ちゃうじゃん。最後はキスも拒絶されたよ」自分でセックスというワードを出しておいて灯里との出来事を思い出し果てしない虚しさを感じ、やはり話すべきではなかったと後悔した。

「それきついなセックスしなくなったらもう終わりって言うもんな」

僕は何も言えなかった。

僕は灯里との最後の夜を思い出した。執拗にセックスを強要する自分に対してもう好きじゃないからセックスはできないと言う灯里。

「そうやなあ。終わりやなあ」僕は電車内からホームへ押し出されるようにそれぞれの帰路へ向かうサラリーマンを何となく眺めていた。これ以上何も考えたくなかった。

「めっさ電車の音するなあ。こっちでは電車なんかほとんど走らへんからなあ。ええなあ都会。

今度東京遊びに行こうかな。最近行ってへんし」ちあきの声から憧れが漏れていた。

僕はうるせえ馬鹿野郎と叫びたかった。

「てか前から思ってたけど何でそんな似非《えせ》な関西弁使うのよ。福井なんて京都近いだけじゃん。東京で遊ぼうよ。どこ行きたいの？」ちあきの似非が気になった。彼女も何かの為に擬態する必要があるのだろうか。

「ほうけ。うちらずっとこの言葉に慣れ親しんできたしわからんわあ。でも近いってのは大事よな。関西の血がしなーと流れよるんや。浅草行きたいなあ。ほや悠も別れて暇やろ。案内してーや」ちあきは彼氏と別れたにも拘わらずどこか楽しそうだった。もしかしたら無理しているかもしれないけど電話では感情がいまいちわからない。

「いいよ。僕も浅草最近あんまり行ってないし食べ歩きしよう」

彼女にイラついているはずなのになぜか会いたかった。感情が液体となってどこかへ流れ出る。川の終着点がどこにあるのか焦がれ、面倒になったので僕は彼女との行方について放擲《ほうてき》した。

「おお、会おっさ。来週いつ空いとる？」ちあきは楽しそうに声を弾ませて言った。

そうか僕は来週もあの会社に行くのかと憂鬱な思いを滲ませた。

「確か水曜は休みだったかな」スマホの画面は耳汗で脂ぎっていて触れると画面下に伸びた。

「了解。じゃあ水曜行くねえ」伸びたようなちあきの声が縮れることなくどこまでも続いている気がした。

ちあきと話している間に家の前に着いた。

「また連絡するよ」そう言って電話を切った。会って何を話すかそれは考えてない。自分の暴発した感情を誰かに披露したかった。手法はわからない。でも何となく彼女に会えばできる気がした。夜の寂しさを警告するように犬の吠えた音がしばらく続いた。

銀座線の改札を抜けると地上A４という標識に従って、進む。観光地にしては狭く薄汚れた階段が細長く地下から地上へ伸びていて陽光が届くまでに時間がかかった。街路に出ると平日にも拘わらず外国人観光客や手提げ袋を持った主婦たちで賑わっていた。人力車のお兄さんが必死に街ゆく人に声をかけている。

「おはよう～。すんごい人やな。福井の総人口はおるんとちゃうかこれ」ちあきは真黄色のリュックを背負い、僕を見つけるなり大きな声で話しかけてきた。既視感が当たり前のように広がる。それはちあきの話し方の問題だろう。

ちあきと会うのは大学二年生の時に会って以来なので約三年ぶりだった。

カラコンをしているのか前よりも目が大きく見え、日本人らしい低くて丸い鼻は変わっていなかった。化粧はいくぶんか濃くなっており不自然なくらい頬が赤かった。

「やあ久しぶり。なんか化粧変えたよね」

僕はちあきの加工された顔を見つめながら言った。

「当たり前やろ。学生とおんなじメイクしてたらやばいで。もう大人なんやから進化せな」都会の見慣れぬ人の多さに目を輝かせながらちあきは言った。

僕は進化という言葉の稚拙さを感じながらもちあきを誘導するように手招きして名物である雷門まで歩いた。

雷門の前ではスマホを片手に記念撮影をしているカップルや雷門の入り口を指差して写真を撮ってもらっている外国人観光客でごった返していた。

「おっきいなあこの門。写真撮ってもええか。ええよな。ほんまに人がぎょうさんおるで」写真を何度も撮るちあきを見て僕は心温まった。思えばここ最近心休まる瞬間がなかったような気がする。失恋に転職。当たり前だと思っていた環境が目まぐるしく変化する毎日についていくのがやっとで心が疲弊していた。だからちあきの心から楽しそうな顔を見て心が安らいだのかもしれない。

大祖母が生前に全ての出会いにはご縁がありその人の役割も決まっていると言っていたことを思い出した。

遊べれば相手は誰でも良かったのかもしれない。それでもこのタイミングで遊べる友達はちあきしかいなかった。これも神が上から糸で引き合わせているような偶然性を装った必然なのかもしれない。

僕とちあきは仲見世通りで人形焼やきび団子を買って食べ歩き、疲れたのでホッピー通りの居酒屋に腰を下ろした。

まだ夕方の四時を回ったところなのに外には大勢の男女が空瓶ケースの簡易的な椅子に座り酒を飲みながら談笑していた。

「下町感すごいなほんまに。いや～来て良かったわ。彼氏と別れてもう心がおっつかんくてどないしようか思ってたけど悠に会えて、私も人でええんやおもうた。楽しんでええんやおもうた。実際ほんまに楽しかったわ。おーきんのう」

お酒が回り出したのかちあきは頬を赤らめながら饒舌に方言を交えて言った。

僕は浅草でしか飲むことができないホッピーの白と黒のハーフを飲みながら牛すじ煮込みをつまんだ。

「僕も久しぶりに楽しい休日を過ごしたよ。お互い振られた者同士乾杯」僕は笑ってグラスを重ねた。緩やかな酔いが日が暮れるにつれて深まり、冷え込む空気がまだ温まる前の掛け布団に包まれているように心地良かった。

薄暮が次第に闇に溶け込んでいく。それに呼応するように周囲の居酒屋の電灯がまばゆく酔いどれを煌々と照らし出す。

外で飲んでいる人に視線を向けると皆日頃のストレスや苦しいことをお酒で流し人本来の生き生きとした表情になっていた。

僕はあぽろでのサラリーマンたちを思い出した。自分を解き放つ場所が人にはそれぞれある。何ものからも解放された姿。相手を探ることも自分を創ることも忘れ、その時間を誰かと共有することで鼓動が歓喜し、古い皮膚が剥がれ落ち、細胞が潤いを帯びる。

僕は彼らの屈託のない表情、思考を一切断絶した澱みのない顔を見て人本来の姿はこうあるべきだったと思い、彼らもまた〝げんじんだ〟と思った。

ちあきは近くのホテルを探すと言って僕を浅草駅まで送ってくれた。東京に来るとわかっていながら宿を取っていないあたり彼女らしいなと思った。

「また東京遊びに行くから今度は悠のおすすめの場所教えてや。そんときには彼氏おるかもわからんけどさ」そう言ってちあきは歯茎を見せて笑った。

「うん、考えておくよ。ゲジゲジを殺したところを最後まで見届けてくれる優しい彼氏にしなよ」僕は皮肉を込めて言った。

僕もちあきもこの瞬間、〝げんじん〟だった。

午後八時の帰宅ラッシュで改札から吐き出されるように人が出ていく。改札周りで立ち止まっている僕らを不思議そうに見る人もいれば苛立った顔で視線を飛ばしてくる人もいる。

全ての人々が感情の行き場を探していた。

苛立ち、不安、恐怖、葛藤、憂いなどの生きている上で無条件に音もなく立ち寄ってくる感情たち。それらに同調するべく他人を見てまるで自分の心の写し鏡のように感情をこちらに向けてくる。僕らにとってもそれは映し出されたどこかにあるはずで誰かの顔の一部だった。顔の一部は記憶として計上され時折既視感として這い出てくる。

僕はホームに向けて歩き出した。一度振り返るとちあきは手を降ってまだこちらを見ていた。

「ちあき」僕は最近出した中で一番大きな声で彼女の名を呼んだ。

発声した後の喉仏は収縮すると同時に熱を帯び、次第に皮膚を伝って頬を赤く染めた。

こだました音は瞬時にちあきの耳元まで届いた。

ちあきは驚いたように振り返った。

「ん？　なんや。ああホテルやったら大丈夫やで。さっき周辺見たらなんか色々ありそうやったし」そう言ってちあきは親指を立てた。

「また会おうな」僕は自分が今言おうとした言葉を隠そうと照れ臭そうに言った。

ちあきは何かを言う代わりに右手を上げて了承の合図を僕に送った。

この後彼女を抱いてもいいと思った。それでも別れたのはこのまま身体を交えることは単なる傷の舐め合いになり行為自体が安っぽいものになることを嫌ったから。時には熱い風呂ではなく生ぬるい半身浴に長時間浸かる仄かな幸せを次に繋げることも大事だと思った。

彼女の後ろ姿を見ながら僕はゲジゲジをうまく駆除できるかぼんやりと考えた。


休日に不動産時代の同期とその頃よく仕事終わりに立ち寄った大衆居酒屋に久しぶりに行った。焼き鳥が一本八十円に生ビールが百九十円で飲めるので安くてついつい長居してしまうので仕事帰りによく立ち寄っていた。

その同期は今でもその不動産会社で頑張っているそうであの時はロープレばかりでお前の顔を見たくなかったとか聞きたくもない課長の馴れ初め話を聞かされて大変だったとか懐かしい話をつまみに飲むと自然と酒が進んだ。今から考えると不動産時代にやっていたロープレがいかにまともなものであるかがわかる。

「お前まだ灯里ちゃんのこと忘れられてないの？」同期が焼き鳥を頬張り、膨れた口で言った。同期には付き合っている時から灯里の話をよくしていた。相談事ではない。退屈なサラリーマンの日常に盛り上がる話題と言えば必ずと言っていいほど女が絡む話だからだ。

「ああ、まあな。でもいないものはいないんだから次に進むしかないとは思ってるよ」

いらっしゃいませ～と言う店員の声量のいい声に僕の声はあっけなく掻き消された。

宮も灯里も僕に何かを伝えるでもなくぼんやりと蜃気楼みたいに消えた。でも失うことで自分が何者であるのか。どう表現していけばいいのか。彼女らがコンパスの針のように次の島の航路に導いていているような気がした。

ちあきはどうだろうか。ぽっとこのタイミングで現れてお互い傷を癒し、それでお互い次に進むのだろうか。休憩地点の道の駅みたいに。

僕はちあきについて話そうか迷ったが自分の中で立ち位置が不確定な人間について話したところで話の着地点がないことをわかっていたので言いかけたところで口をつぐんだ。

同期と気持ち良く飲んだ帰路、酔いと眠気が同時に襲いかかり、僕はどうやら道端に眠り伏せてしまったようだ。

外の冷たい気候に充てられていたアスファルトのひやりとした感触に気づき、反射的に跳び上がった。僕はどのくらいそうしていたか時間を確認しようと履いていたジーンズのポケットに手を入れたが、そこにあるはずのスマホの感触はなく、空白に空いた手の開き具合と指先に触れたデニム生地の綿の感触だけが伝わってきた。

アウターのポケットに入れたのだろうと両手で手を入れて感触を確かめるも、出てきたのは折り皺のついた先ほどの居酒屋のレシートだけでやはりスマホの感触はなかった。

それどころか、手に持っていた鞄もその場から消えており、自分の記憶を急いで手繰るも眠る前は持っていたと確信し、絶望した。

酔いで脳がピンボール球になったようにあちらこちらにぶつかるほど揺さぶられ、いつもの何倍も地球の重力を感じながらもとにかく家に帰らねばとその場から一時間かけて徒歩で家に帰った。

僕はドアの前に立ったが、鞄の中に鍵が入っていたことを思い出し、地団駄を踏みたいような苛立ちに駆られた。

今日は野宿か。三月の凍てつく寒さは一夜を過ごすにはかなり厳しい気温だ。

絶望感に打ちひしがれながらも僕は何とかこの状況を打破しようと打開策を模索した。酔いが思考を侵食し、判断を鈍らせる。

誰かに助けを求めなければ。生存本能が暗闇の中に佇む蝋の炎のように醜く揺らめいた。

僕はまず二階の左隣の部屋のインターホンを押した。機械的なメロディが虚しくも寒空に紛れた。

数秒経っても応答がなかったので千鳥足のまま右隣の部屋の前に移動した。

右隣の住人とは多少の面識があり七十歳前後のご老人で趣味で絵を描いていると階段下で会った時に照れ臭そうに言っていた。

僕はやけくそになって怒られた時の言い訳はその瞬間に考えればいいと意を決してインターホ

ンを力強く押した。

時計は深夜の二時を過ぎていた為、やはりご老人は出なかった。それでも外で過ごすことを諦め切れなかった僕は先ほどインターホンを押した勢いのまま下の階に降りて、左から順にインターホンを押した。

不審者として警察に通報されるかもしれない。

それでも僕は止まれなかった。生存本能が自分を獣と化す。餌を求めるハイエナのように。目の焦点が合わずゆらゆらと身体がよろめく。インターホンの音が途切れるぷつんという音を聞く度に自分はこの世界に取り残されたような寂しさを感じた。

真ん中の部屋のインターホンを押して数秒経ってから、がさがさと相手側がモニター越しに通話ボタンを押したであろうノイズ音が聞こえてきた。

僕はノイズ音に緊張し微かな希望を抱いた。脆い脚に力を入れ何とか姿勢を正して全体が見える位置までカメラから離れた。

「はい。どうされましたか？」

女性の落ち着いた優しい声が先ほどまでの絶望めいた空気を一瞬にして温めた。

「夜分遅くにすみません、上の階の二〇二号室の者ですが鞄ごと盗まれてしまい鍵がなくて家に入れないので助けてほしいです」

生きたい。実直な思いが言葉を端的にまとめ上げる。この一言で僕が今日死ぬかどうか決まると思うと自然と助けてほしいなんて言葉が口から溢れた。

「あら、大変ね。とりあえずお入り」

全てを包むような優しい声が僕を溶かしてゆく。

こんな無理なお願いを受け止めてくれるくらい優しい人なのだろうと思い僕はひとまず安堵した。玄関の温かな光が外を照らし出す。

ドアを開けてくれた人は白髪まじりの六十代くらいの女性であった。

鎖骨辺りで切り揃えられたボブに落ち窪んだ眼窩、渇いた口元。そのどれも年齢によりハリや潤いはなかったが彼女が放つ眩しい笑顔は僕に十分な活力を与えた。

「さっそんなところに突っ立ってないで寒いんだからお入り」

彼女は僕を見るなり部屋の中に促し、踵を返して僕と同じ間取りの部屋の中央にそそくさと入った。申し訳なさを感じながらもお礼を言って後をついて僕も中に入った。

何とも言えない生活感の匂いが祖父母の家に遊びに来たような懐かしさを感じさせた。

「お腹は空いてないの？　何も食べてないんでしょう？」

老女はキッチンの方を見て言った。

「お気遣いありがとうございます。大丈夫です」

暖かい部屋に招き入れてもらえたこと自体有難いことで僕は存外な彼女の優しさに敬服さえした。

「若い男の子は食べなきゃダメよ～。だって最後に食べてから数時間は経ってるでしょ？　あ、そうだ冷凍の炒飯があるからそれをお食べなさいよ」

僕はせっかくのご親切を無下に断ることもできずに「はい、ではいただきます」と申し訳なさも含んだような声で言った。

僕はレンジで十分に温められた炒飯を貪るように米粒一つ残さず湯気と一緒に口に含んだ。

お腹が空いていたのではない。鞄、財布、携帯とこの現代においてはなくてはならないものを全て失ってしまい気が動転していたので口に何か入れることによって一時的にでも不安と一緒に飲み込みたかっただけだった。

でもその炒飯は自分でいつも食べる電子レンジを使用するよりもいくぶんか美味しく感じた。

僕がひとしきり食べ終わると女性は童話を読み聞かせるような口調で僕に語りかけた。

「あ、ごめん私の名前言ってなかったよね？　佐藤って言います。いや～びっくりしたわよ。こんな真夜中にいきなりインターホンが鳴るのですもの。そう言えば携帯もないのよね？　明日、会社に連絡する時私の携帯を使ってね」

お腹が満たされて更に親切にしてくれる佐藤さんの言葉で腹部辺りがじんと熱くなるのを感じ

た。

「あのまま寒空の下にいたらほんとに死んでました。助かりました。としか言えないですね。でも何で僕のこと家に入れてくれたんですか？　だって普通怖いじゃないですか、こんな真夜中に」

部屋の中は丸テーブルに大きな簡易的なパイプベッド。壁に沿うようにキャスター付きのクローゼットが置かれているだけでテレビもなければこれと言って娯楽のようなものもない。一体この女性はどういう風に時間を過ごしているのだろうと不思議に思った。

「私ね、昔困ってた時に知らない人に助けてもらったのよ。だからね、私もしてもらった分困った人がいたら恩返ししたいって思ってるの」そう言って佐藤さんは昔の出来事をゆっくり大事なものを吐き出すように一言一句丁寧に話してくれた。

「佐藤さんはお一人でここにお住まいなんですか？　随分とシンプルでミニマルな印象ですけど」

ここまで簡素な部屋に誰かが他に住んでいるとは到底思えなかった。

「そうよ。もう十年くらいかしらね。元々は横浜の鶴見区のアパートで娘と二人で暮らしてたんだけど嫁いじゃってね。一人で広い家に住むわけにも行かないし今までは娘が車を持っていたから移動できたけど私ももう歳だからあんな田舎にいつまでもいられないのよ。そう言ってもバスもほとんど通らない田舎なんて想像つかないわよね」佐藤さんは前に住んでいた風景を思い出したのか懐かしむような表情を浮かべて言った。

「そうだったんですね。僕の地元も田舎だからわかりますよ。周り一面が田圃に囲まれていてよく畦道で友達と競争しました。それに比べここはバス停も近くて間隔も十分置きだから便利ですよね」

僕は富山の空と大地がくっきりとクレヨンで描いたような濃淡で分かれた景色を思い出した。

「そうなの？　そんな田圃が広がっているなんてお米が有名な県なのかしら秋田とか新潟とか」

「いえ、富山県です。出荷は確かに新潟が生産量一番多いから米と言えば新潟っていうイメージは強いですよね」

僕自身、米についてそこまで知識があるわけではなく、昔大祖母と買い物に行った時に大祖母はいつも新潟産の米ではなく富山産のブランド米を選んでいた。

大祖母は我が子を愛でるような口調で、

「富山はね。天からお米を育てる場所に選ばれているのよ。秋の夜十時から朝の十時まで庄川の山間部に嵐が吹くの。それは庄川嵐と言って朝露を吹き飛ばし、葉を振動させ、種もみをダメにする病原菌を吹き飛ばしてくれているの。だから無農薬のいい米ができる。それに富山県は日中の温度差が十度以上あっていい種子を作るのに適しているの。私たちはそんな力強く育った米を食べているのよ」とまだ幼くてお米に関して何もわからない僕に話してくれた。祖母は擬態なんてしなくても生きることに自信があったのかもしれない。

「そうなの、富山は美味しい食べ物がたくさんあるわよね。水が美味しいところはお米も美味しいもの。そんな偉そうなこと言って実は一度も行ったことないんだけどね。金沢には一度旅行で数十年前に行ったことあってすごく海鮮が美味しかったなあ」

佐藤さんの皺が言葉を紡ぎ、ほの甘い回想がこの無機質で囲まれた空間を浸す。

「それはみんな言いますよ。金沢は観光地ですもんね。でもきっといつか一度は遊びにいらっしゃってください。山が連なってまるでホログラムのように見える景色にきっと驚きますよ」

僕は屹立した山が雪化粧に輪郭を露わにした壮大で優美な立山連峰をまるで眼前に映し出されたかのように佐藤さんに話した。他人の記憶や体験が関連する自分の記憶を鮮明に引き出していく。

「ぜひ行きたいわ。まだ身体が動くうちにね。富山に行く前におすすめの食べ物とか場所とか教えてね。さ、明日は管理会社に行ったり、携帯ショップに行ったりあなた忙しいだろうしもう寝ましょう」

親が子供に対して明日のスケジュールを再確認してあげるような口ぶりで佐藤さんは言った。

僕は佐藤さんが敷いてくれた真っ白の敷布団に少ししみの付いた茶色のふかふかで暖かそうな毛布に包まって明日の段取りをうっすら頭に浮かべながら眠りについた。

朝起きるとすでに佐藤さんは私服に着替えてうっすら化粧もしていたように見える。

昨日はよほど疲れていたのかぐっすり寝てしまい、時計の針は十時を刺していた。

「あら、おはよう。今日管理会社行くわよね？　ちょっと待ってね。場所が書かれたパンフレットがあったはずだから探すわね」

そそくさと押し入れの中を漁る佐藤さんをまだ起きてないとろりとした目で見つめていた。

ピザの広告やインターネット無料開通のご案内のチラシの中から管理会社の現所在地が書いてあるパンフレットを引っ張り出してくれて僕にくれた。

「あなた、お金は大丈夫なの？　キャッシュカードもないんでしょう」

佐藤さんが心配そうに僕を見ていたので何だかすごく申し訳ない気持ちになった。

「あ～家に通帳と現金がいくらか置いてあるので家さえ入れれば大丈夫ですよ」

と家の中に数日間は生きられる現金が確かあったなと眠い目を擦り、部屋の中の薄い記憶を辿った。

「でも、それまでに何かあると大変だから今度返してくれればいいから一万円持っていきなさい」

佐藤さんは語尾強めにそう言って断る間もなく僕の胸の前に一万円が差し出され、いやいいですよと言おうとしたのだが僕が言葉に出すより先に佐藤さんが僕の手を握って一万円札が手の中でよれた。

私も貧乏だから返してねとくしゃりと皺を寄せて笑いながら言う佐藤さんにすぐに返すと言って札を握った。彼女の手は乾燥していた。

佐藤さんの笑い顔を見ていると大祖母を思い出した。力強く後光が彼女を煌々と照らしていた。

「お金が手元に入ったらすぐにでも返しに来ます」

そう言って靴紐を結び外に出ようとしていた時、がしゃがしゃとドアノブが動いている音が聞こえたと思ったら勢いよくドアが開き態でも見たかのように驚いた様子で女性が玄関先でこちらを見ていた。僕が見上げる形になった。

反射的にお互い一瞥だけした。

僕はもちろんこの女性のことは知らないし、佐藤さんの家には知らない人同士を惹きつける何かがあるのかと思ったが、佐藤さんの
「あら、もう来たの早かったわね」という一言で身内の人だとすぐに理解した。

「この時間に来るって言ったじゃん。元気そうで良かったよ」

「ああ、そうだったかしら。あ、悠君この人私の娘ね。今日午後から会いに来てくれる予定だったの。あなたはもう行っていいのよ。一刻も早く行かないとね。鍵もらって家に入りたいでしょう」

佐藤さんは微笑みながら扉を指差した。

「そうですね、本当にありがとうございました。今度富山の特産物持ってきますね」

そう言って僕は佐藤さんとその娘さんに一礼してその部屋を出て管理会社に向かった。

佐藤さんから渡された管理会社の場所が記されているパンフレットには番地と簡易的な地図が記されていたが、何丁目の何番まで探り当てるという作業は思っていたよりも骨が折れる作業で、歩きながら標識を見て自分の現在地と目的地までの場所を推し測る必要があり小一時間は管理会社の周辺をあてもなく回っていた。

管理会社の受付は手前に設けられてバックヤードにて社員がパソコンを叩いて仕事をしていた。市役所の構成に近いなと思った。誰かが気づいてくれるのを期待したが、皆午前の業務に追われているせいかパソコンに向かい合ったきり、気づいてくれる気配がなかった。

僕は声を張り「すみませーん」と少しオフィスに身体半分を覗かせると手前の女性が一瞬怪訝そうな顔で「はい、どうしましたか?」と出てきてくれ、簡易的に事情を説明してスペアキーをもらった。

「もうこれが最後の一つなので次なくされた場合は鍵ごと交換になるので三万円くらいかかりますからお気をつけください」

事務の女性に念押しされたところで管理会社を出た。

玄関のドアを開けると一日しか経っていないというのに自分の部屋独特の匂いやカーテンレールに干している洗濯物を見てやけに懐かしく、それらが僕に生の心地良さを与えた。

僕はすぐにタンスの引き出しを開け、いつもの場所に現金が入っているか確認した。あった。小さく心の中でそう呟いて、薄かった記憶が可視化され胸を撫で下ろした。

何かあった時の為に銀行とは別に部屋の中に数万円を常にストックしておく癖があった。現金を数え安堵したのか倒れ込むようにベッドに入った。

携帯ショップに行って紛失時の手続きをしたり、クレジットカードや銀行のカードの再発行の手続きをしたりと慌ただしく過ごしているうちに佐藤さんの部屋に泊まって二日が経とうとしていた。

ようやく色々な手続きから解放された僕は、風呂上がりにビールを飲もうとプルタブに手をかけた。

外からはパトカーと救急車のけたたましいサイレンが同時に自分のアパート近くで反響しそれが自分のアパートの目の前に止まったのだとすぐにわかった。

すぐにカーテンを開けベランダから外の様子を覗くと車の全貌は確認できなかったが赤の点滅ランプがアパートの壁に反射して周囲の家までも赤黒く照らしていた。

泡が噴き出ている缶ビールを放置して僕は慌てて階段を降りて下の階の様子を見に行った。

外に出ると人集《だか》りができていた。隣人の顔が救急車のライトで血を帯びたように赤く明滅していた。

「一〇二号室に入っていったわね」

誰からともなくそんな声が聞こえて自分の心拍が一気に高まったことを感じた。

佐藤さんの部屋だ。何かあったのだろうか。

もしかして僕が泊まったことについて不審な人に強引に入られたと今更通報したんじゃないか。

いや、でもそれなら警察だけで救急車が来るはずはない。

僕の頭の中に複数の考えが一挙に入り込んできて不安と心配に心が押しやられ脈が高鳴っているのを感じた。

何でもいいから情報が少しでもほしい。

僕は手持ち無沙汰に手を前で交差している警察官に近寄った。

「あー何でもないので大丈夫です」

警察は手で虫を払うような素振りを見せ余計なことには関わりたくないという感じだった。

何でもなかったら警察と救急車が来るかよ。

僕は腹が立って一言でも言い返してやろうかと思ったが徒労に終わると思い部屋に戻った。

部屋に戻ってからも悶々としてとてもプルタブを開けたばかりのビールを飲む気分にはなれな

かった。部屋のいつもの静けさが今は怖かった。

今は警察が邪魔でとても話を聞きに行けそうにないので、数日後に佐藤さんの部屋を訪ね、彼女から何かの手違いだという言葉で一抹の不安を解消したかった。

もしかしたら何かの拍子に足をぶつけて骨が折れた。それで気が動転して救急車を呼ぼうとして間違えて警察に電話をかけたものだから間違いでこの状況を作り出した。切っても警察が不審に思い見に来たに違いない。きっとそうに違いない。

僕は今考え得る仮説をひとしきり誰もいない部屋で念仏のように唱え気持ちを落ち着かせた。

ベッドの片隅に寄って壁にもたれかかりながらそんなことを考えている時に部屋のチャイムが鳴った。鎮まりかけていた僕の心臓が立ちのぼってくるようにドアを見た。

もうすでに夜の十時を過ぎていた。

モニター越しに三人の警察官が手持ち無沙汰そうに玄関前で手を前に組んで立っていた。その中には下で話した警察官もいた。余裕のある疑いの態度。いや違うな。自分たちは善良のもと動いている余裕のなさが出ている。

「あの～すいません、ちょっとお話伺いたいんですが、よろしいですかあ～」

呑気で訛りのある声がインターホンから機械音を含んで聞こえた。僕は静かに玄関のドアを開けた。

「ああ、すみませんねえこんな夜分遅くに。ちょっとお話聞きたいので上がりますねー」

警察官の張り付いたような笑みが瞬時に不快を煽る。

そう言ってこちらの有無も聞かずにどかどかと警察官三人が部屋に押し入ってきた。

これは職務執行法に違反するのではないのか。それとも僕を完全に犯人扱いして令状でも出ているのか。髭が白くなっているいかにもベテランの警察官が部屋の中央であぐらを掻くように座り、比較的若めの警察官二人は少し下がって傍観する姿勢だ。

「え～まずはだね、二日前の深夜に君が何をしていたか教えてくれるかな」まるで取調べ室にいる加害者を問いただすように白髪頭の警察官が言った。

「友達と最寄駅周辺で飲んでいて、そのまま酔い潰れて路上で寝てしまい、起きた時には鞄ごと盗まれていたのでとりあえず警察に紛失届だけ出して家に帰ってきました」

淡々とその日あった出来事の時系列をなぞって話した。

「それで？　自分の部屋に帰ったのかな？」

あたかも結末を知っていながらも僕からの返答を確かめるような話し方をすることが鼻についた。

「いえ、盗まれた鞄の中に鍵も入っていたので家に入れなかったからどうしようと思っていたんですが、酔っている勢いで下の階で順番にインターホンを押して誰か部屋に入れてくれないかと、今となっては暴挙ですけどこの時期に野宿するのはしんどいんでね」

僕は反抗するような口調で言い放った。

「なるほどねえ、いやあでも会ったこともない人の家にいきなり泊まるなんて少しおかしいよねー」

下で邪険に扱った若めの警察官が皮肉混じりに追随して言った。てめえがさっきしら切った方がよほどおかしいだろ。核心に触れてこない警察官に腹が立った。

「何かあったんですか？　佐藤さんに」

この無意味なやりとりをさっさと終わらせようと自分から結論に迫るように言った。

「亡くなったよ」白髪混じりのベテラン警察官が感情をおくびに出すこともなく言った。

「え」

驚きのあまり座っていた上半身だけが後ろにのけぞった。危うく壁紙が飾ってある後ろの壁に激突するところだった。

警察官が来るということはそれ相応の出来事があることは予想していたが「死」という想像しても途方もない答えに何も言葉を発することができなかった。

半年ほど前に実家の富山に帰省した時に、空き地を挟んで隣の家が火事で全焼していた。

そのことは地元の新聞やニュースにも取り上げられ話題になった。

母に詳細を尋ねてみると、その家は父、母、子供二人、父方の足の悪い母と五人で住んでいたそうだ。僕が小学生の頃にその一家は引っ越してきてもう数十年前の話なので子供二人とその母とは会ったことがあるが顔はあまり覚えていなかった。

事件の発端は、父親が足の悪い実の母を煩わしく思い、一人の時間を狙って自分の建てた家に放火して実の母を殺そうとしたそうだ。

足を患った母親は辛うじて外に逃げ出して助かったそうだが、殺人未遂で父親は逮捕されてその家族は大黒柱を失った。

大黒柱を失って路頭に迷った一家四人は母親の愛知の実家に帰ったそうだ。

長男は僕より一学年下で毎日一緒に集団登校をしていた。

彼の名前は確か利通君と言って、あまり自己表現が得意な方ではなかったからか話した内容は覚えていなかった。

当時の僕が彼に印象を抱いたとすれば僕の歩く速度にしっかり合わせるようについてきてくれ、他の低学年の子らが僕の歩くスピードが速いと言って文句を言っていたのに対しぴったりと一定の距離を維持して黙って後ろについてきてくれた。

たまに後ろを振り返って利通君の顔を見ると得意げな顔をして、にぃと微細に口角を上げてちゃんとここにいるだろと不得意なりに存在を印象づけていた。

そんな遠い日の記憶が衝撃的な事実を飲み込むと同時に脳内にタイムトラベルしてやってきた。

「物騒よねえ。まさか隣のお父さんがそんなことするなんて本当に世の中ってわからないものね」感情はどこでも暴発する。化け物は人間の中に必ずいる。

「そうだね、誰もが犯罪者になり得るってことやなあ。自分で建てた家を燃やしてでも殺したい母親って、不憫だよね」

「家族の今後も考えずにそんなことする奴なんてもう人間じゃないよ。長男はもうあんたと変わんない歳だから自立してるだろうけど妹さんなんてまだ高校生の真っ盛りでほら、そういう強烈な体験って良くも悪くも人生の指針に反映するっていうか影響するじゃない？　ほんと悪い方向に行かないか心配だわ」

母はまるで我が子の行く末を心配するように言った。

さぁどうだろと僕は適当な相槌を打ってしばらく利通君について耽った。

燃える業火の中で利通君は何を思ったのだろう。

信じて前を歩いていた父親に裏切られて彼は一体何を信じたのか。もしかしたらそんなに期待すらしていなかったのかもしれない。

しかし何かしらの感情がそこで生まれたのは確かだ。生まれた感情は腹底に熱を持ったまま潜む。やがてタイミングを見計らって爆発する。彼の父親のように。鎮静するには過去の記憶を巡り魂と対話して落としどころを探すほかない。

死という単語が連想される過去のページを開き、人間一人の死という儚い感情を鎮静しようと努めているようだ。

「死因はまだ何とも言えないんだけどまさか、そんなことないよね？」

含みを持たせるような警察の言い方が僕を疑っていることを示唆していた。

「当たり前じゃないですか、何が楽しくて家に入れてもらって炒飯まで作ってくれた人を殺すんですか」

佐藤さんが嬉しそうに電子レンジで温められた炒飯の袋を白い器に移し替えていたことを思い出し胸が痛んだ。横に細かく入った皺も富山の話を楽しそうに聞いていたあの笑顔も姿形のない灰と化してしまった。

「じゃあ、また何かあったら来てもらうかもしれないから今日はこれで失礼するよ」

煮え切らない表情のまま警察官三人は制服に染み付いた汗臭い匂いと歯に食べ物が挟まった時のような後味の悪さを残して部屋を出た。

何だこれ。何で今死んでんだよ。

二日前まで元気で自分が若い頃の話してたのに。タイミング悪すぎるやろ。借りた一万円誰に返したらいいんだよ、何か宿ってそうで後味めっちゃ悪いじゃん。

僕はぶつぶつ文句を虚空に言いながら涙がとめどなく溢れ出てきた。

優しさで出してくれた炒飯。

優しさで敷いてくれた敷布団。

優しさで出してくれた一万円。

たった一夜の付き合いだけれどもう出会って長年経った親しい人が忽然といなくなったような深い寂しさを感じた。佐藤さんの温かさが腹部を再熱させた。

明らかにそこには道化じゃない本来の人間の姿があった。

佐藤さんは〝げんじん〟だった。偽りのない人間。

何にも取り繕ってない佐藤さんの姿が自分の子供の頃に母親や大祖母に受けた愛情と重なり目頭がきゅっと熱くなった。生きることに精一杯で忘れていた感情。

濁りのない透明な感情が記憶を媒介し、げんじんとして目の前にオブジェを象っていた。

僕は吸うと同時に感情を抱きしめた。それは耳たぶに触れた時のように柔らかくも弾力があり物体として確かな存在感があった。僕は気の済むまで撫で続けた。

朝起きて、ゴミ箱を確認すると燃えるゴミが溜まっていたので階段下のゴミ置き場に捨てに行くことにした。

鉄製の低い重低音が一段降りるごとに鳴り、微睡んだ空気を叩いた。

ゴミを置いた途端に背後から鋭い視線を感じて振り返ると三十代半ばくらいの女性がゴミ置き場の前で構えるような姿勢で立っていた。

僕と女性は見つめ合ったというよりは彼女の方が僕に睨みを利かせている状態だった。

「一万円」と彼女は苛立って言った。

僕は困惑した。一見、初対面の女性にお金の単位を唐突に言われ、返す言葉が見つからなかった。

「一万円、返してくれないんですか？」

彼女は先ほどよりも一層強く言った。

僕は彼女の顔を見つめ、怒りと悲しみを瞳の中に見た。同じ感情を最近抱いた。だからというわけでもないと思うが僕は彼女が一体誰かをはっきりと思い出した。

あの時は眠くて頭が働いていなかったし顔を見たのは一瞬だったので娘さんの印象が今の今まで薄らいでいた。感情が激しく繋がりを求めている。僕と同じ痛みを持った人間として。

「あ、返します。部屋にあるので取りに行ってきます」

僕は部屋に戻って押し入れの引き出しに入っている数万円の中から無造作に一万円を取り出して何も考えずにすぐに階段を駆け降りて娘に渡した。

娘は無言で受け取った後もその場を立ち去ろうとはしなかった。

一万円を借りたことを知っているということは僕が家に泊まった経緯も佐藤さんから聞いて全て知っているだろう。

僕に対しても不信感や憤慨があってもおかしくはない。

見ず知らずの男が泊まった二日後に実の母親が死んだとなるとこの男が金品目的の為に何かしたのではと疑ったりするのも当然だと思った。

僕は何もやっていないことを釈明しなければと口を開いた。緊張からか喉元が乾き発声を邪魔した。

「あの、佐藤さんにすごくお世話になったのでもし死因がわかったら教えてほしいのですが」

自分でも遠回しで狡い聞き方だと思った。でも初対面に近い相手に潔白を伝えるにはまず殺してはないということを主張した方がいいと思った。

「糖尿病」

娘はため息を短くつき、低い声でぼやいた。

短絡的な言葉は寂しく僕らの周りを漂い、糖尿病ですか。と僕も一言ぼやくしかなかった。

「そうでしたか……佐藤さんにはお世話になったので何か僕にできることがあれば言ってくださいね」

本当のところは、糖尿病の後が何なのか知りたかったが、どうせもうここで終わりだろうと社交辞令のつもりで言い、娘が立ち去るのを待った。

彼女の視線は僕から外れなかった。まるで照準レーダーを顔付近に当て続けられたように。

「じゃあ、遺品整理手伝ってください。今月末までに退去しなきゃいけなくて大変なんですよね」

何かを諦めたような微笑を浮かべた娘が言った。

「あ、もちろんです」

彼女の予想もしない言葉に僕はいつもより瞳孔を開かせながらも考えるよりも先にそう口走っていた。

無言で一〇二号室に戻っていく娘の後を追いかけた。二日ぶりの佐藤さんの部屋からは相変わらず生活臭が漂っていた。

部屋の中に入ると、娘がすでに遺品整理を始めていて書類や衣装ケースが散乱していた。数日前に訪れた佐藤さんの隅から隅まで整理された部屋の体裁は失われていた。

「ごめん、そこにある本をゴミ置き場に持っていってもらってもいいかな?」

娘はたくさんある本をビニール紐でまとめながらそう言った。

僕は縛られた本に目を落とすとそこには簡単に作れるおつまみ特集と題された料理本の他に

ディケンズやドストエフスキーのような海外文学の本まで多種多様な本があり、本が好きで、きっと生きていたら他愛のない会話をこれからもできただろうなと思うとやるせなさと寂しさが込み上げてきた。

しゃがみ込んで本を手に取ると古本の臭いが立ちのぼり佐藤さんが日向で読書している情景が思い浮かんだ。

「母ね、糖尿病を患っていたってさっき言ったじゃない？」

娘が佐藤さんの洋服を一枚一枚丁寧に畳みながら優しく語りかけるように僕に話しかけてきた。

僕は娘が畳んだ服を収納ボックスに入れる作業を止め、頷いた。

「それが心臓に達してしまったのが原因だったみたい。私亡くなる前日に母と喧嘩したの。あなたが泊まったことについて。何で見ず知らずの男を泊めたのかって。だってこのご時世危ないでしょ？　いくら東京の端っこと言っても物騒な事件は起こっているじゃない？　でも母が昔に知らない人に助けてもらったことがあるからやっと恩返しする時が来たんだーって。だからゴミ置き場であなたのこと見た時、母との口論を思い出して嫌悪感が顔に出ちゃったの。この人のせいで母と最後に喧嘩別れしちゃったと思って。ごめんね、顔に出てたよね？」そう言った娘からは恨みや後悔の念は感じられず、寧ろ僕に話したことでスッキリしたような面持ちだった。

「はい、露骨に出てましたよ。僕殺されるのかなと一瞬本気で思いましたもん」

そう言って二人で笑った。滲んだ空気が流れ込んできた。静かなワンルームの一室にじんわりと二人の笑い声が響き、隣で佐藤さんも一緒に笑っているような気がした。

「あなたのことをすごく嬉しそうに話してた。母は今すごく幸せだと思うわ。最後の最後で恩返しができて。もう心残りなくなったのかもしれないね。だからありがとう。心に痞《つか》えていたものを外してくれて」

違う。僕は彼女の善意と温かさに触れただけだ。

「僕は何もしていないどころか助けていただいて、でもそう言ってもらえると救われます。佐藤さんにはとてもお世話になって何か恩返ししたいって思えるほど温かい人でした」

午後二時の暖かな日光に燦々と照らされた娘の横顔が佐藤さんの優しい表情と重なり、僕や彼女の鎮魂の言葉に呼応しているようだった。

「どうせ処分するんだし好きなもの持っていってよ。あ、でも日用品は私もほしいから半分こしようね」と娘は子供のようないたずらな意味を潜めてほくそ笑んだ。

彼女は、実の母が亡くなって間もないとは思えないくらいに気丈に振る舞った。僕が今罪悪感を感じずにいるのはそこはかとない彼女の温かさと強さのおかげだろう。

僕は何か佐藤さんのことを思い出せるようなものがほしいと思い、部屋の中を見渡すと小さな木製のフォトフレームに収まっていた向日葵の絵を見つけた。お世辞にも高価な物とは思えないが向日葵の柔らかい描写や周辺の緑の生い茂った感じとのコントラストがはっきりしていて不思議と懐かしさを感じた。

僕は両手でフレームを傾けた。陽光がフレームに反射して白飛びのように霞んだ。でもその霞みが僕にノスタルジーを思わせた。「これ、いただいてもいいですか」と娘に聞いた。

娘は何かを思い出すように柔和に笑った。

「ああ、その絵ね。昔母がフランス旅行に行った時、フリーマーケットでその絵を見つけたみたいでね、一目で気に入ってそれからずっと大切にしてたみたいなの」

娘は衣類を整理していた手を止めて虚ろな瞳で向日葵の絵に触れた。

彼女は僕の何かしらの感情に触れて記憶の引き出しを見ていた。

「へえ～、そんな大事な絵ならいただけませんよ」

娘が懐かしむような物を僕がもらうのは彼女の中のノスタルジーを一つ奪うような気がして手を引いてしまった。

「いいのよ、私は絵についてはわからないし、あなたがもらってくれた方がいいと思うわ。あなたも母みたいにゴッホの向日葵よりそういういかにも感性のまま描いたような荒々しくて斬新なタッチが好きなんでしょう」

彼女はそう言って少し意地悪い顔をして引いた僕の手に絵を渡してくれた。

僕はクリムト展にいた時の自分を思い出した。圧倒的なデッサンで描かれた肖像画にはまるで関心が沸かなかったのに多彩な絵の具の重ね塗りや誰も意図できない装飾や天使、裸の女の奴隷、それらが相まって構成されている得体の知れないにも拘わらず画面から浮き出てくるような鬼気迫るような絵に心を奪われていた。

「そうかもしれないです。でも何で……」

何かを言おうと思ったが言葉に詰まった。

「どことなくあなたと似ているのよ。お人好しで優しい人。だって普通、休みの日にたった一日泊まったからって遺品整理なんて手伝う？　それは人を想う気持ちを常に心に持っているからだと思うな」

『お人好し』か。随分といい人間に思われたな。でも血の繋がりもない人間同士が深く交わり、その繋がりを大事に思うことが何よりも価値のあることのように思えた。死後に美術展が開催された作者と閲覧客の関係値のように。

僕は大事にしますと一言だけ伝えて玄関を出た。

最初に娘と会った時やゴミ置き場で出会った時とは全く異なった柔らかくてそれこそ本当に向日葵のような温かい笑顔で娘は僕を送り出してくれた。

春を待ち望むような温かな風が僕の耳をそっと撫で、陽気な昼下がりに僕の細胞は浸透される。

僕の周りはたくさんの温かさで溢れていた。掬おうとしないからその温もりが感じられないだけで掬い上げた瞬間に僕の冷たい体内に温度がとめどなく行き渡っていた。

皮を被る。確かに馬鹿馬鹿しくて面倒で無意味な行為だよな。そっとあの時の灯里に答えた。

佐藤さんは取り繕った仮面が完全に壊れたことにいつまでも微笑んでいた。この気持ちを誰かに打ち明けたかった。偽善的になったことに深掘りしただけでどの僕も僕でしかないということ。

話し相手に頭に浮かんだのはちあきだった。

彼女とこの前同じげんじんとして繋がりを感じたからだ。それは同調とも言えるし僕の仕事、恋愛、生き方が像を結んだ成れの果てを共有できる相手だからとも言えた。

無理矢理彼女の脳内ヘルツにふっと聞いてもないラジオがどこからともなく流れてくるような感じがした。

そこには福井にいるはずのちあきが軒下の隙間から漏れ出た太陽の光を身体全体で光合成をするかのように浴び、にっこり笑って立っていた。

僕は驚いて強い光で顔全体の印象がぼやけている彼女を見つめた。何秒見ようとちあきはちあきだった。

「何でここにいるんだよ。てか僕の家何で知ってるの」

僕は状況の展開が全く読めず、夢でも見ているような錯覚に陥っていた。

「何でって。覚えてへんの？　ああ、酔うてたもんな。通話したのは覚えてる？」

ちあきは半ば呆れたような顔を見せた。

僕は首を小さく振って同期と飲んだ日のことを思い出そうとした。でもその時ちあきと話した記憶なんてなかったし家の住所を教えたとも思えなかった。

僕が何を言ったか聞こうとしたところにちあきの高速で鋭く何かを切断するような声が耳を掠めた。

「てか外のゴミなに？　ぎょうさんの本の山にカラーボックスに洗濯機まで出てもうてるで。誰か引っ越しでもするんか」

僕はちあきの言葉に目線をゴミ置き場にやると本や衣類から出た埃が光に照らされてハウスダストのように宙を光り輝いて舞っていた。

「ああ、そうだよ」

僕は短く答えて何か気配を感じたので後ろを振り向くと娘がドアの隙間から僕たちを一種のコンテンツを見るようにニヤついた表情をしていた。

「彼女が遊びに来たの？」娘は言った。

不意打ちのような発言に思考が止まる。僕は否定しようと一瞬息を吸い込んだところで「はい、東京の心の拠りどころですわ」けらけらと無邪気で楽しそうなちあきの声が聞こえた。

「住まいの拠りどころもないので決まるまでお世話になります」ちあきは更に大きな声で言った。

「ふふふ、それがいいわね」娘さんはちあきの声に呼応するように不敵な笑みを浮かべて言った。

僕は浅くため息をついた。でもそれは決してネガティブな意味ではなくこれから新しい何かが始まろうとしていることへの期待だ。

上を見上げると雨よけ屋根の隙間から群青色の空がどこまでも覆い尽くし三羽の鳥たちが旋回しながら右往左往に飛び交い、いつの間にか視界から消えていった。

〈著者紹介〉
砂森 俊（すなもり しゅん）
1995年生まれ。
富山県富山市出身。東京都在住。

げんじん

2024年10月30日　第1刷発行

著　者　　砂森 俊
発行人　　久保田貴幸

発行元　　株式会社 幻冬舎メディアコンサルティング
〒151-0051　東京都渋谷区千駄ヶ谷4-9-7
電話　03-5411-6440（編集）

発売元　　株式会社 幻冬舎
〒151-0051　東京都渋谷区千駄ヶ谷4-9-7
電話　03-5411-6222（営業）

印刷・製本　中央精版印刷株式会社
装　丁　　弓田和則

検印廃止

Printed in Japan
ISBN 978-4-344-94942-3 C0093
幻冬舎メディアコンサルティングＨＰ
https://www.gentosha-mc.com/